나는 내가
결혼 못할 줄
알았어

나는 내가
결혼 못할 줄
알았어

**읽으면
결혼하고
싶어지는
이야기**

21세기북스

프롤로그

누구나 한번은 '훗날 누구와 결혼하게 될까?' '나와 결혼할 사람은 지금 어디서 뭘 하고 있을까?' 같은 상투적 질문을 하곤 한다. 물론 나도 그 질문을 던져본 적이 있다. 당시 이 물음은 답을 알 수 없던 세상에서 가장 거대한 미스터리였다. 그러나 이제는 정답이 확실해졌다. 나는 그 사람이 누구인지 알고 있다.

이 질문의 답안지에는 내가 결혼할 여성이 일본이라는 나라에 살고 있으며, 나보다 4살 어리고 키는 꼬꼬마에 얼굴 어디에 점이 박혀 있는지까지 매우 구체적으로 나와 있었다. 원래 답안이라는 게, 열어보고 정답을 확인하면 그 거대했던 질문 자체가 아무것도 아닌 것처럼 느껴지고는 한다.

이게 뭐라고 그렇게 궁금했을까 싶다.

철없던 시절에는 '죽을 때까지 못 만나는 거 아냐?' 하며 공포감마저 일었던, 이 거대한 의문이 해결되는 순간은 왠지 특별할 거라 멋대로 상상했다. 〈타짜〉의 '아귀'가 컵에 든 화투 한 장을 펼쳐보듯 '자 지금부터 답안지 펼쳐봅니다' '미래의 부인 얼굴이 나옵니다' '짜잔' 하고 숨죽일 것 같았던 그 순간은, 의외로 출근길 2호선 서울대입구역 지하철에서 인파에 떠밀리는 직장인의 마음처럼, 그 순간이 특별한 순간이라는 인식조차 하기 전에 지나쳐버렸다.

그렇게 인생에서 특별하다고 정의할 만한 시기들은 유달리 바쁘게 스쳐서 과거가 되어 있었고, 그럴 때마다 '다들 이렇게 사는 거구나' 하고 인생을 단순하게 받아들이게 되었다.

많은 사람이 결혼 후, 복잡한 실타래 같던 어린 시절의 마음이 차분히 가라앉고 조금씩 둥글둥글해지는 경험을 한다. 내 경우도 그랬다. 회사와 집이 반복되며 마음의 모난 부분이 둥그스름하게 갈려나가던 그 시기에 나는 유튜브를 통해 우리 부부의 이야기를 남들에게 들려주기 시작했다. 이 이야기는 조금 이상한 이야기이긴 했으나, 또 남들과 다를 바

없는 이야기이기도 했다. 그럼에도 어떤 이야기들은 모두가 공감하는 '누구나의 이야기'가 되었고, 또 어떤 것은 남들에게는 도무지 상상조차 할 수 없는 '요상한 이야기'로 여겨졌다. 누구나 비슷했고, 누구나 다른 생각을 했다(아마 이 책에 적힌 이야기들도 그러할 것이다). 어떤 이야기든 진심이 담긴다면 그것에 가치를 느끼는 사람이 생겨나기 시작하는 법. 우리의 이야기를 기다리고 즐기는 사람이 하나둘 늘다 보니 점차 특별한 일이 벌어지기 시작했다.

지금 내가 하는 이 행위가 그러하다. 한국에서 대학 졸업하고 워킹홀리데이로 일본에 건너온 취준생에게 자신의 이야기를 책으로 만들 기회가 있을지 누가 알았겠는가. 책은 소위 대단한 사람만 내는 것이라 여겼고, 이 책을 내기 전까지 내가 한 거라고는 남들과 다를 바 없이 그냥 산 일 뿐이다.

'그래도 뭔가 재미있는 구석이 있으니까, 책을 내보자는 제안이 왔겠지.'

남들과 다른 부분이라고는 다른 나라 사람과 결혼했다는 것밖에 없는 우리 부부 이야기를 책으로 내기로 결심하자 내심 기대가 되면서도 엄청난 부담이 몰려왔다. 누구에게 어떤 이야기를 들려줘야 의미 있는 책이 될지 고민했다.

과거 나는 불확실한 미래에 떨었으나 지금은 그 불안을 많이 해소했다. 아내는 매우 단단한 사람이지만 나와는 하나부터 열까지 다른 사람이었다. 우리는 사귀고 반년 동안 싸우기만 한 위태로운 관계였으나, 이제 그 다툼은 잦아들었다. 나 같은 놈은 아빠가 되기 힘들 거라 생각했지만 지금 나는 아빠로 살아가고 있다.

안 될 것 같은 일이 너무 많았는데, 지금은 어찌어찌 다 되어 있다. 인생은 내 걱정과는 다르게 흘러갔고, 그걸 알아가는 과정에서 했던 삽질은 무수했다.

그래서 생각했다. 내가 보내온 시간을 활자화할 수 있는 소중한 기회가 생겼으니, 누구보다 솔직하게 이야기를 써내려가보자고. 누구나 공감할 법하지만 수치스러워서 잘 하지 않는 이야기들, 인생이라는 게 망가지기도 쉽지 않은데 왜 그렇게 움츠러들었는지 후회하며 깨달은 사실들, 내가 얼마나 잘난 사람인지 이야기하기보다 실은 얼마나 '짜친' 사람이었는지에 대한 고해성사를 해보자고 말이다.

그래서 결국 이 책에서 내가 할 이야기는 삶의 방향을 못 잡고 한없이 놀고 싶었고, 가능하면 남들보다 더 잘 놀고 싶었고, 나 같은 놈과 살 여자가 세상에 있겠나 싶었고, 무엇이 행복하게 사는 것인지 알지 못했던 한국 남성이 한 일본 여성을 만나면서 조금씩 행복을 알아가는 이야기다.

이 일본 여성이 그 행복에 결정적 역할을 했을 수도 그렇지 않았을 수도 있다. 물론 행복을 알아가는 과정에 이 여성이 함께했고, 그녀의 국적이 일본이라는 것은 명백한 사실이다. 그러니 나라는 사람이 점차 행복을 알게 된 것에 이 일본 여성이 얼마나 기여했는지는, 이 책을 읽은 여러분이 판단해주시기 바란다.

이제 지금껏 거듭 언급한 일본 여성이 등장할 차례다. 바로 내 아내, 치카코 말이다.

차례

**결혼
못할 줄
알았던
남자**

**일본에서
인연을
만나다**

**왜
나 같은
놈이랑
결혼했을까**

4

삶은
걱정과는
다르게
흐른다

5

솔직한
사람,
치카코

결혼
못할 줄
알았던
남자

누구도 만남을 정해놓고 태어나진 않는다
태어나서 살다 보면
자연스레 어떤 만남을 향해 나아간다

이 만남을 우리가 인연이라 하는 이유는
이전의 시간이 없었다면,
이 만남도 존재하지 않았을 것이기 때문이다

부산에서 태어난
한국 남자

내 고향, 부산

1985년 2월 11일, 나는 부산 백병원에서 태어났다. 태어나자마자 엄마에게 고생하셨다고 인사를 꼭 올리고 싶었는데 아직 말을 할 줄 몰라 그때는 차마 인사를 못 드렸다. 시작부터 이상한 소리를 해서 미안하지만, 이 자리를 빌려 엄마에게 이 말씀은 꼭 드리고 싶다. 그때 참 고생 많으셨다고.

최루탄 가스가 언제 흩날렸냐는 듯, 바야흐로 문민정부가 들어서며 대한민국이 여태껏 민주사회였다는 착각마저 들던 90년대. 지금은 신기루처럼 들리는 '호경기'라는 상상

15

의 동물 같은 표현이 사용되던 마지막 시절. 몇년 뒤 다가올 IMF 사태를 아무도 예견하지 못한 채 모두가 착실하게 살던 시절이었다. 그 무렵에는 월급을 꾸준히 모으면 집 한 채는 살 수 있었고, 우리 부모님도 회사 생활을 하며 조금씩 돈을 모아 아파트를 하나 장만하셨다.

부산의 승학산을 깎아서 새로 조성한 아파트 단지, 거기 들어선 많은 아파트 중 대림건설에서 지은 한 아파트가 우리 가족의 첫 번째 자가였다. 건설사가 영혼까지 갈아 넣어 지었는지 오지게 튼튼하게 만들어서, 아직도 건재하다는 소문이 있다. 층간소음 같은 건 경험조차 못 해봤다.

그래봤자 산을 깎아 만든 동네에 뭐 대단히 있는 집이 살았을까. 처음으로 자가를 마련해서 자식들 공부시켜 출세시키려는, 열정만큼은 스카이캐슬 부럽지 않은 학구열 높은 집과, 이웃한 임대 아파트에 살던 형편이 넉넉지 않은 가정이 섞여 살았다. 같은 라인의 집들끼리는 위아래 10층까지 누가 사는지 다 알았고, 우유가 떨어져서 '인디안밥'을 말아 먹지 못할 땐 윗집 아주머니한테 부탁하면 우유를 빌려주던 정 넘치는 동네였다(물론 아기 있는 집에서 우유 빌렸다고 엄마한테 대차게 혼나긴 했다). 하긴 학교에 가보면 누구 집이 잘사는지 누구 집이 가난한지 그런 건 의식조차 않던 순박한 시절이기도 했다.

어른들의 피아식별

하지만 내가 살던 부산 전체가 마냥 순박하기만 했던 건 아니다. 성격이 센 지역이라고 하지 않던가. 맞으면 맞고 틀리면 틀린 것이라는 극단의 이분법적 사고 풍토도 존재했다. 내 편 아니면 적, 적 아니면 내 편. 내 편이라 생각되면 '우리가 남이가'지만, 적으로 간주하는 대상에게는 적대심도 강했다. 이렇게 어른들이 피아식별을 해놓으면, 아이들은 의심 없이 그 구분을 받아들였다.

김영삼을 외치던 주위 어른들을 보며 '아, 저 파란색 당이 우리 편인가보다' 하고 따라서 믿었고, 난생처음 보러 간 프로축구에서 어느 쪽이 우리 편인지 몰라서, 아빠 차가 현대차니까 현대를 응원하겠다고 한 내게 옆자리의 아저씨는 이렇게 말씀하시도 했다. "자슥아, 대우가 부산 팀인데 부산

팀을 응원해야지."

야구는 말해 뭐하겠나, 여기서는 롯데가 종교였는데. 옆에서 우리 편이라고 하면 그렇게 믿고, 또 한 번 믿기 시작하면 목청이 터져라 응원하던, 세상에서 가장 순수한, 사람 모양을 한 스폰지였다. 우리는 주는 대로 흡수했다.

그런데 어른들의 피아식별 관점에서 동서고금을 막론하고 명백한 '적'이 하나 있었는데, 그건 바로 일본이었다. 일본은 명명백백한 적이었다. 조선 전기 때부터 잊힐 만하면 조상들을 괴롭힌 철천지원수였고, 일본 하면 가장 먼저 떠올리는 이미지는 드라마 속 일본 순사들이었다. 특히 스포츠를 좋아한 우리 가족에게 한일전의 승리는 양보할 수 없는 것이었다. 일본에 이긴다고 돈이 나오는 것도 아닌데, 돈을 건 사람보다 더 승리에 심취했다. 딱히 부산이라서 그랬던 건 아닐 것이다.

다만 그런 사회 분위기 속에서도 일본 출장을 다녀오신 아빠는 내게 이렇게 말씀하셨다. 일본은 발전한 국가이며 배울 점도 많은 나라라고. 또 빵이 무척 맛있다고 하셨다. 즉 내게 일본은 결코 져서는 안 되는 적이었지만 발전한 선진국임에는 틀림없었고, 또 무엇보다 빵을 한번 먹어보고 싶은 나라였다.

흑백논리가 장악하던 내 어린 시절에는 모든 대상이 내 편인지 적인지가 중요했다. 훗날 세상의 모든 개념은 딱 잘라 말하기 어려우며, 이해관계가 복잡할수록 우리 편과 적을 나누기 어렵다는 걸 알게 되었지만, 여전히 일본은 같은 편이라고 말하기 꺼려지는 나라다.

배울 점이 많은 나라라는 건 알겠는데 또 미워할 수밖에 없는 나라. 동경과 증오가 공존하는 양면성의 나라. 이래서는 판단이 쉽지 않았다. 그놈의 빵이라도 한번 먹어봐야 판단이 설 것 같았다.

그런 내가 일본인 여성과 결혼해서 일본에 살고 있으니 신기한 모순이다. 따라서 이 책에 적힐 이야기는 이런 모순에서 시작할 것이다. 여느 한국인과 다를 바 없이 일본이라는 두 글자에 동경과 증오를 느끼던 한 남자가 일본 여자를 사랑하게 되는 모순 말이다.

재미있는 건
다 서울에 있다

나는 왜 서울에서 태어나지 못했는가?

부산 살던 꼬맹이들이 모두 그랬던 건 아니겠지만 나는 텔레비전에 나오는 연예인들을 무척 동경했다. 그들을 보러 가지 않는 것과 애초에 보러 갈 수 없는 것 사이에는 큰 차이가 있었고, 스마트폰도 없던 시절에 볼 거라고는 텔레비전이 전부였으니 화면에 나오는 연예인을 동경하는 건 지극히 자연스러웠다.

그런데 이 연예인이라는 사람들은 대부분 서울에 살고 있었다. 연예인뿐인가. 텔레비전에는 오로지 서울만 나왔고 모두 서울말을 썼으며, 어린이날 뉴스에 등장하는 동물원 코끼리조차 서울에 머물고 있었다. 애초에 서울이라는 곳은 부산에서 대각선을 그어 끝 지점에 있는 곳 아니던가. 어린 내 눈에 서울은 부산과는 근본적으로 다른 '그들이 사는 세상'처럼 보였다.

그러던 어느 날, 텔레비전에서 연예인 프로레슬링 대회 광고를 보게 되었다. 유명 개그맨들이 콩트에 가까운 프로레슬링 매치를 벌인다는 내용이었다. 새우도 좋아하고 볶음밥도 좋아하는 내게 이것은 마치 새우볶음밥 같은 이벤트처럼 느껴졌다. 무조건 보고 싶다는 생각이 들어 장소와 일정을 꼼꼼히 메모했다.

한껏 흥분한 나는, 일하고 돌아온 엄마에게 이 메모를 드밀며 이곳에 데려가달라고 졸랐다. 그때 엄마의 답변은 간결했다.

"잠실은 서울에 있단다."

또 서울이다. 대체 이 좁은 땅덩어리에서 서울은 어째 안 가진 게 없단 말인가. 잠실이 어딘지도 모른 채 어련히 경기장 이름이겠거니 하고 있던 아이의 부푼 희망은, 그곳이 서울이라는 사실을 듣자마자 파도가 덮친 모래성마냥 사르르

허물어졌다. 그리고 보니 뭔가 이름마저 서울 동네스럽다
했더니만….

전국 지방 출신 꼬마들에게 영원한 꿈과 희망의 공간이었
던 롯데월드마저 그 동네에 있다는 사실을 뒤늦게 안 나는
세상의 모든 재미있는 것은 잠실에 다 모여 있을 거라고 생
각했다.

그렇게 한 살 한 살 나이를 먹어갔다. 부산에서 태어나 부
산에서 사는 걸 운명으로 받아들이면서.

변화는 늘 급작스럽다

인생을 살다 보면 알 수 없는 지각변동으로 예상치도 못하
게 삶의 새 막이 열릴 때가 있다. 이런 변화는 어릴수록 상
상도 못 할 타이밍에 찾아오며, 대부분 어른의 선택에 기인
할 때가 많다.

내게도 그런 일이 있었다. 평생 부산에 뼈를 묻을 것처럼
살던 우리 가족이 서울로 이사 가게 된 것이다. 아빠의 직

장 문제였다. 중학교 졸업을 코앞에 둔 무렵, 다 큰 닭도 아니고 병아리도 아닌 애매한 중닭 같던 나이에 삶의 터전을 바꾸라는 소식은 충격적이었다.

엄마는 내게 선택의 기회를 주셨다. 이제 곧 고등학교에 들어가야 했던 내게, 서울에 가서 살 건지 아니면 부산에 남을 건지 선택하라고 하셨다. 처음 느끼는 막중한 부담. 서울 가서 사는 게 평생의 염원인 듯 굴어놓고는 정말로 가라고 하니 두려운 게 사람 마음이었다. 막상 판을 깔아주면 '입꾹 닫' 하게 되는 심리 같았달까.

그동안 친하게 지내던 친구들과 떨어져, 익숙한 부산을 떠나 수도 서울을 향한다고 생각하니 공포가 몰려왔다.

'과연 서울에서 잘 적응할 수 있을까?'

고민을 하면 할수록 선택은 미궁에 빠져드는 듯했다. 그렇게 일주일을 고민한 나는 결국 내 인생에 가장 큰 영향을 미친 첫 번째 이주를 결심했다.

사람이 태어났으면 한 번은 서울에서 살아봐야 하지 않겠는가. 막강한 사회적 인프라와 엄청난 인구의 메가시티가 만들어내는 역동성이 있는 곳. 경제, 사회, 문화의 중심이자 전 세계가 주목하는 글로벌 서울에서 살아봐야 한다는 생각

은 개뿔…. 서울에 가면 핑클을 볼 수 있을 것 같았다. 진심
이었다. 그래서 엄마에게 말씀드렸다.

"서울로 이사 갑시다."

미안하다,
머리 크다

가슴에 꽂힌 비수

고등학교 1학년 때, 내 인생을 지배하게 될 무시무시한 한마디를 들었다.

"야, 니 얼굴 달덩이만 하네?"

그 말이 얼마나 충격적이었던지, 그날 그 말을 들은 학원 계단의 햇살, 내음, 수업이 끝난 아이들이 달려가는 소리까지 고스란히 기억에 각인되었다. 슬로모션 처리도 된 듯하다. 그런데 풍경은 흑백이었다. 순간 세상이 색을 잃어버린 듯했다.

친구가 무심코 내뱉은 이 말은, 달이라는 천체가 내뿜는 신비로운 분위기가 내 얼굴에서 느껴진다는 뜻이 아니었다. 달이라는 위성의 질감 또는 형상의 특징을 일컫는 것도 당연히 아니었다. 이 말의 핵심은 면적이었다. 가로 변과 세로 변을 곱했을 때 m 제곱으로 나타낼 수 있는 그 면적 말이다.

태양계 전체로 확장하면야 달이 그렇게 커다란 천체는 아니겠으나, 이 말은 달이 스스로를 최대한 드러냈을 때의 면적이 내 얼굴 넓이와 유사하다는 뜻이었다.

말이 길다. 쉽게 말해 내 '대가리'가 크다는 말이었다. 여기서 변호를 하나 하자면, 의외로 나는 잘 생겼다는 소리를 듣고 자랐다. 눈이 크고 얼굴이 희다는 이유로, 어르신들일수록 내 외모를 칭찬하고는 했다. 아쉽게도 상대의 연령이 낮아질수록 칭찬하는 사람의 수는 자이로드롭 떨어지듯 급격히 하락했다.

그렇다고 못생겼다는 소리를 들을 정도는 아니라서, 얼굴뽑기라는 기준에서 딱히 억울함을 느끼지 않고 자랐는데, 고등학교에 진학해서 점차 신체 비율이 성인과 유사해지던 무렵, 친구의 말 한마디로 내 치명적 아킬레스건이 저 깊은 심해에서 기어이 해수면을 뚫고 올라온 것이다.

희한하게도, 그 시절부터 외모에 대한 세상의 판단 기준은 서구인의 신체 비율이었고, 이런 풍토는 자연스레 머리 크기에 대한 내 컴플렉스를 심화시켰다. 행여 누군가가 순수한 의미에서 내 외모를 칭찬해도 '그런 당신조차 내 머리가 크다고 생각하고 있겠지' 하고 '역주행식 사고'를 하게 되었다. 그럼에도 날 낳아주신 두 분의 '고슴도치'는 자기 새끼가 세상에서 제일 이쁘다 하고 계셨는데, 나는 그들이 내게 작은 얼굴을 주지 못했다며 내심 그들을 원망하고 있었다.

노력으로 바꿀 수 없는 것

이런 상처를 가진 게 어디 나뿐이었겠나. 수많은 사람이 외모 컴플렉스를 가지고 있다. 지금 시대에는 더하면 더했지 덜 할 리 없을 것이다. 이러한 컴플렉스는 감수성 풍부한 시기, 한 사람의 인격에 큰 영향을 미친다. 하지만 이 문제는 해결되지 않는 문제였다. 요즘은 외모를 자기관리의 영역이라고 생각하는 사람도 많다지만, 사실 외모는 타고나는 것이다. 그러니 이걸 고민하자면 끝이 없었다.

고향 친구는 내게 "네 머리를 성형으로 고치려면 두 번 둘러 깎아야 한다"라고 했다. 이건 누워서 수술도 못 받는다는 말이었다. 성형보다는 조각의 영역에 가까울 것이었다. 세상을 살면서 우리는 많은 문제의 해결책을 결국 찾아내지만 해결이 안 되는 문제도 있다. 사람 머리를 작게 만드는 방법은 세상 어디에도 없었다. 그러니 노력으로도 해결되지 않는 이 문제를 끌어안고서라도 할 건 해야 했다. 즉, 머리가 커도 연애는 해야 했다.

머리가 크다고 움츠러드는 건 스스로 용납할 수 없었다. 그래서 언젠가부터 나는 내 입으로 이 사실을 인정하기 시작했다. 왜냐하면 내가 봐도 컸기 때문이다. 노력으로 나아질 수 없는 일에 스트레스받기보다는 애초에 이 사실을 문제 삼지 않기로 했다. 다행히 머리는 컸지만 생각보다 살 만했던 것 같다. 사람이 사랑을 받는 데 머리 크기가 큰 문제는 아니었기 때문이다.

…이렇게 마치 컴플렉스를 극복한 듯 자랑스레 말하고 있지만, 이 남자는 훗날 주먹만 한 얼굴을 가진 여성과 결혼해

서 딸내미가 3살이 될 때까지 행여 애가 머리가 크지 않을까 노심초사했다고 한다.

나야 그렇다고 쳐도, 딸한테는 미안하잖아.

별은 혼자서는 빛나지 않는 법이란다.
평생 옆에서 네 소두를 빛내줄게.

하라는 영어는
안 하고

돈이 안 되는 일본어

요즘도 별반 다를 게 없겠으나, 예전에는 일본어처럼 돈 안 되는 언어는 공부하면 안 된다는 분위기가 심했다. 하물며 일본 문화가 정식 개방된 1998년 전까지 일본의 대중문화 란 접해서는 안 되는 청소년 유해물이었다.

그런데 문화라는 게 막는다고 막아지는가. 작은 균열을 통해 스며드는 빗물처럼 늘 내 주변에는 알음알음 일본 문화를 즐기는 친구들이 있었다. '스트라이샌드 효과'라고 했던가. 인간은 하지 말라고 하면 더더욱 하고 싶어지는 존재다.

드래곤볼과 슬램덩크 세대로 일컬어지는 80년대생이 학교에서 제2외국어로 일본어를 선택하는 것은 자연스러운 수순이었다. 그렇지만 제2외국어란 내신 성적을 위한 수단 중 하나였을 뿐 주요 과목보다 우선시해서는 안 되는 곁다리 과목이었다. 음악, 미술은 미뤄두고 국영수를 우선으로 해야 일류대학을 가던 시절이지 않았는가.

일본어는 재미있었다. 무엇보다도 쉬웠다. 처음 배우는 단어인데 이미 들어본 말이 많았다. '다마네기' 듬뿍 담은 '오코노미야키'를 '와리바시'로 주워먹고, 오늘 '이자카야'는 '와리캉'을 하자고 말해도 대충 알아들을 수 있는 희한한 언어(거봐라, 당신도 지금 알아들었지 않은가). 이렇게 이미 생활 속에 침투해 있는 일본어가 천지였다.

이처럼 일본어는 내게 언어 공부의 재미를 알려줬고, 또 인생의 좋은 도피 수단이기도 했다. 공부하면서도 사실 노는 기분이 드는 희한한 언어였다.

재미있는 거 하면 안 되나요?

일본어가 돈 안 되는 언어 취급받는 일은 대학교를 졸업할 때까지 계속 이어졌다. 영어는 이미 먹고사는 데 필수적 수단이 되었고, 이제는 중국어가 대세니 중국어를 공부하라는 소리를 듣던 시절이다.

군에 갔을 때, 이등병 주제에 책 편다고 고참에게 한 소리 듣긴 했으나 짬짬이 일본어 교재를 보며 공부했고, 제대하고 나서는 그렇게 다니고 싶던 일본어 학원도 다녔다. 다만 마음 한편에는 내가 지금 이 언어를 공부하는 건 도피하는 거라는 죄의식이 있었다. 일본어 공부해서 어디에 써먹겠냐 하는 자조였다.

일본어는 내 전공과도 무관하고, 취업하는 데도 도움 되지 않는, 속된 말로 비주류 언어였다. 학원에 가봐도 여자 수강생이 유독 많았으며 그들이 일본어를 배우는 건 보통 취미의 일환이었다. 그러니 이런 언어를 공부하는 내게 주변에서는 일본어 공부를 왜 하냐고 묻고는 했다. 그냥 "재미있어서 하는데요"가 답이었지만, 즐거움을 위해 뭔가를 배우는 건 노는 것과 다름없이 인식하던 시절이었다. 해야 할 공부가 모두 정해져 있는 듯했던 세상.

시간이 흐르고 보니, 정답처럼 믿었지만 아닌 것들이 너무 많았다. 돈이 되지 않는 언어를 취미 삼아 공부했지만 그로 인해 평생의 반려를 만났고, 그 언어로 밥벌이를 하고 사니 본전은 뽑았다는 생각이 든다. 긴 시간 비주류 언어였던 터라 정작 현지에 와보니 경쟁자도 적었다. 일본어라는 게 쉬워 보이지만, 또 대놓고 잘하는 사람은 많지 않았다.

결국 운이 좋았던 것이다. 놀기 위해 공부한 언어가 생활을 영위하는 데 결정적 역할을 했으니. 물론 모두가 그렇지는 않았을 것이다. 다만 모두에게 해야 할 공부가 정해져 있던 것도 아니었을 것이다.

넌 커서
뭐가 될 거니?

세상에서 가장 어려운 질문

언제부터인가 문득 무언가 되어야 한다는 압박이 생겨났다. 언제 이 압박이 시작되었는지는 알 수 없다. 사람으로 태어났으니 무언가 되기 위해 살아야 하지 않을까 하는 중압감이 자연스레 생겼다.

아마도 이 중압감은 "커서 뭐가 될 거니?" 같은 질문을 받으며 생겨난 게 아닐까 싶다. 그때 이 질문자에게 "그렇게 질문하는 당신은 지금 그 모습이 되기 위해 어떤 목표 의식을 가졌고, 어떤 과정을 거쳐 지금에 이르렀나요? 그리고 그

건 의도적이었나요?" 하고 받아칠 수 있었다면, 나의 중압감은 조금 가벼워졌을까?

미래를 예견하라는 이 어렵디어려운 질문에 깔끔한 답변을 내놓지 못할 경우, 내가 지금 잘못 살고 있지 않은가 하는 불안이 세트 메뉴의 감자튀김처럼 자연스레 딸려왔다. 그런데 중요한 사실은 내가 이 질문에 평생 단 한 번도 깔끔한 답변을 내놓은 적이 없다는 것이다.

어릴 때부터 머리가 좋다는 소리를 많이 들었고, 공부도 곧잘 했으며 글짓기, 그림그리기 대회 같은 곳에 나가서도 자주 상장을 받아오고는 했다. 그래서 엄마는 나를 각종 학원에 보내셨는데, 어딜 보내도 썩 잘한다는 소리를 들었으니 나름 보내는 재미가 있으셨을 것이다.

다만 내 재능은 반에서 3, 4등 정도 수준의 애매한 재능이었다. 다방면으로 재능이 있는데 특출난 무언가는 없었다. 그렇다고 끈기가 있어서 오래 하는 것도 아니었다. 이런 애매한 애라면 당연히 공부를 하는 게 옳았다. 그리고 그 사실은 나도 알았다. 그런데 공부만큼 세상 재미없는 일도 없었다. 게다가 서울로 이사 가며 속된 말로 헛바람이 들어서 공부를 손에서 놓기 시작했다. 중학교 3학년 때 전교에서 놀던

석차가 고등학교 올라가니 반 석차로 바뀌어 있었다.

자식 교육을 위해 무리해서 강남에 터를 잡은 부모님의 기대를, 아들이 안정환 이탈리아전 페널티킥 실축하듯 날려 버리니 속이 오죽 타들어 가셨을까. 안정환은 집어넣으려고 나 했지, 나는 사실 집어넣을 생각조차 없었다.

차라리 하고 싶은 것이라도 명확했다면 일찍이 다른 선택이라도 했을 터. 하고 싶은 것은 차고 넘쳤지만 뭘 해도 오래 하지 못했고, 꿈이라 외치던 것들은 런던 날씨마냥 하룻밤 사이에도 변덕을 부리며 바뀌었다. 문제는 그 어떤 시도조차 하지 않아 유통기한을 넘긴 갈망들을 편의점 삼각김밥 쌓듯 묵히고 있었다는 것이다. 이제 와서 생각하면 그런 건 꿈이라고 부르기도 민망하다.

무언가가 되어 있는 삶

이런 놈의 인생에 무슨 대단한 결단이 있었겠나. 고등학교 때는 집에서 이과를 가라고 해서 이과를 선택했고, 대학에 진학할 때는 이과라면 공대를 가야 할 것만 같아 공대를 선택했다. 그나마 내가 한 타협은, 그림 그리길 좋아한다는 이유로 공과대학 중 가장 미적 감각이 필요할 것 같은 건축을 선택했다는 거다. 하지만 이 중 온전히 내가 고민해서 한 선택은 없었다. 나는 어른들에게 결정을 위탁하는 게 가장 안전할 거라고 한결같이 착각하고 있었다.

그때는 이런 수동적 인생이야말로 진짜 실패라는 걸 알아차릴 수 있는 삶의 지혜가 없었다. 이렇게 쓰고 보니 너무 한심하지만 어쩌겠는가, 이게 사실인 것을. 이런 애들은 군대에 보내버려야 한다. 그래서 군대를 갔다. 군대조차 어디로 가야 할지 몰라서 친구 따라 동반입대라는 걸 하기로 했다.

군대에서는 널리고 널린 시간에 각종 책과 잡지를 읽는 게 삶의 낙이었다. 그때 『씨네21』이라는 영화 주간지에 실린 기타노 타케시 감독의 인터뷰에서 평생의 위안이 되는 글귀를 읽었다.

"꼭 무언가 되어야겠다 마음먹고 그걸 이뤄내는 삶도 멋지지만, 그냥 좋아하는 걸 이것저것 하다 보니 무언가 되어 있는 삶도 괜찮지 않은가?"

이 아저씨가 나랑 면식이 있을 리가 없을 텐데, 마치 나 들으라고 하는 소리 같았다. 국어시험의 예문에나 나올 법한 구절로 표현하자면 내 마음을 고요한 호수로 만들어줬던 말이다.

'이거다' 싶은 것을 찾지 못했고, 그렇다고 딱히 "이걸 제일 잘해!"라는 것도 없어서 내가 잉여 인간은 아닐지 고민만 깊어지던 20대 초반에 우연히 보게 된 이 글귀는 두고두고 내게 위안이 되었다.

"아니 뭐가 되려고 하지 않아도 되는 거였어?"

어릴 적 나는 심심하면 만화를 그렸고, 가끔은 블로그에 글을 포스팅했으며, 알바로 돈을 벌어서 산 사진기로 사진을 찍으러 다녔다. 또 연극부에 들어가서 축제 때 공연을 했고 수시로 영화를 보며 리뷰를 썼으며, 심지어 친구와 함께 단편영화를 찍기도 했다.

즉, 뭘 계속하긴 했는데 뭐가 되려고 한 건 아니었다. 이건 세상이 말하는 정답 같은 삶이 아니었고, 그때는 그게 죄인지 알았다.

사고는 잘 치는데
위기에 강하다

훈련병 2주 차의 비극

나는 군에 입대한 지 2주 만에 대대장실에 불려 들어간 적이 있다. 때는 1월, 그 추운 철원 신병교육대에서 2주 차 훈련이 마무리되던 시기였다.

우리는 단체로 얼차려를 받았고, 반복되는 얼차려에 악이 받쳐 있었다. 그런데 꼭 그런 친구 있지 않은가. 마지막 구호는 붙이지 말라고 해도 마지막 구호를 붙이고야 마는 고문관 친구들. 이번에는 끝이 나나 싶던 순간에 누군가 재차 마지막 구호를 붙이자, 나도 모르게 이 한마디가 입에서 새어

나왔다.

"아, 시바…."

그 순간 조교의 목소리가 훈련장에 쩌렁쩌렁 울려 퍼졌다.

"지금 욕한 새끼 나와!"

훈련병의 소원 수리 때문에 말년휴가가 날아간 조교였다. 휴가가 잘린 직후라 누구 하나만 걸려라 하고 벼르던 조교의 귀에 내 욕이 들어간 것이다. 나는 앞으로 불려 나가 다들 보는 앞에서 심하게 깨졌다. 그렇게 하루가 찝찝하게 마무리되는 줄 알았지만 지금부터 시작이었다. 이 사건은 대대 전체에 퍼져나갔고, 조교는 소대장에게 소대장은 중대장에게 중대장은 대대장에게 이 일을 보고했다. 누구 하나 자기 선에서 끝내주지 않았다.

걱정이 턱끝까지 차올라 이도 저도 못하고 이틀 내내 악몽 속에서 대기하다가, 그냥 이렇게 위기가 지나 가나 싶어 조금씩 안정을 찾아가던 어느 날, 방송이 울렸다.

"오종현 훈련병, 행정반으로 올 것."

나락에서 살아남기

평생 들어갈 일 없을 줄 알았던 대대장실에 훈련병 2주 차 짜리가 불려 들어갔다. 대대장실이 어떻게 생겼는지 신기해 할 마음의 여유도 없었다. 나를 잡으러 헌병 두 명이 내무반으로 들어왔다. 경찰서 한번 가본 적 없는데, 군인 경찰들이 나를 잡으려고 온 현실을 마주하니 다리가 후들후들 떨렸다 (그냥 하는 말이 아니라 진짜 후들후들 떨렸다). 아마 살면서 제일 많이 울었을 것이다. 그렇게 울면서 제발 한 번만 기회를 달라고 무릎 꿇고 사정하고 또 사정을 했다. 이 모든 게 단 한마디로 벌어진 일이다.

당시 나는 동반입대를 했었는데, 결국 그 친구와 떨어져서 다음 기수로 유급당했다. 짐을 챙겨서 이동하는데 모든 사람이 나를 어색한 눈으로 쳐다봤다. 범죄자를 바라보는 사람들의 눈빛을 그날 처음 알게 되었다.

입대한 지 엄연히 보름도 넘은 이 몸께서, 이제 막 입대해 훈련병 1주 차도 되지 않은 짬 비린내 나는 친구들이 모여 있는 내무반으로 이동해 다시 군 생활을 하게 된 것이다. 이

걸 어떻게 엄마에게 말할까. 편지에는 뭐라고 써야 하나. 그날은 침낭 속에서 밤새도록 울었다. 옆자리의 친구가 휴지를 건넨 걸 똑똑히 기억한다.

이렇게 울고만 있을 수는 없다 싶어, 다음 날부터 눈물을 뚝 그치고 하루 만에 50명의 소대원 이름을 다 외웠다. 그리고 이들의 이름을 한 번씩 부르며 일부러 말을 걸었다. 내가 지금 여기서 반전을 일으키려면 동료들과 친해지는 수밖에 없을 것 같았다. 다행히 새 기수의 친구들과 모두 친해져서 의외로 즐겁게 훈련병 생활을 할 수 있었다.

반전은 훈련소 퇴소할 때, 나를 유급 보낸 대대장이 주는 표창을 받았다는 사실이다. 사고 쳐서 유급당한 뒤로는 실미도 요원마냥 각 잡고 훈련을 받았다. 퇴소 시기가 다가오자 중대장은 내게 "내 평생 유급당한 놈이 너처럼 열심히 하는 건 처음 봤다"라고 했다. 그 결과가 대대장 표창이었다.

훈련소 퇴소 후 자대로 이동하니 동반입대했던 내 친구는 이미 2주째 자대 생활 중이었다. 신병이 왔다고 사람들이 모였는데, 훈련 중에 욕을 해서 유급은 되었으나 대대장 표창을 받은 이상한 놈이 들어왔으니 고참들도 나를 어떻게 대해야 할지 몰라서 곤란해했다. 얘가 에이스인지 '돌아이'인지 모르겠다는 표정이었다.

이 경험 뒤로 내가 분명히 알게 된 게 있다. '아, 내가 위기에는 강하구나. 근데 또 사고도 잘 치는구나.' 이 버릇은 아직도 개를 못 줬다.

나는 군대에서 11킬로그램을 빼고 제대했다.
체중을 11킬로그램 빼도 머리가 작아지진 않더라.

연애할 땐 다
바보 같은 거야

연애는 이어져 있다

나 같은 놈이랑 결혼한 죄로 아내는 전생의 업보를 치르고 있다는 소리를 듣는다. 하지만 치카코가 처음은 아니었다. 치카코는 이 잔혹한 폭탄 돌리기의 마지막 주자였을 뿐이다. 치카코 이전에도 마치 그것이 마지막 사랑일 거라고 믿어 의심치 않았던 시절이 있었고, 돌고 돌아 나의 연애 이야기는 치카코의 차례에서 마무리되며 다음 막을 열었다.

아내와의 이야기를 쓰는 책에서 그 이전의 연애 이야기를 쓸 생각을 하다니…. 내가 생각해도 무모하다. 다른 에피소드에 비하면 아무래도 살 떨리는 감이 있다. 하지만 그 이전의 연애들을 스킵하고 넘어가기도 어렵다. 사람의 연애는 결국은 다 이어져 있는 법이니까.

헤어지자는 말을 못 꺼내서, 차마 내가 말을 못하겠으니 네가 떠나라며 비겁한 이별을 자행한 적도 있고, 그때의 일로 천벌을 받는 듯 가슴이 처참하게 찢기는 잔혹한 이별을 당한 적도 있다. 이렇게 하나하나 분절된 연애 경험이 결국 삶 속에서 유기적으로 이어져 있음을 알게 된 것은 이미 시간이 많이 흐른 뒤였다.

누군가의 가슴을 찢었던 사람이 반대로 누군가에게 가슴을 찢기기도 한다. 그런 경험이 쌓이고 쌓여서 그다음 연애를 만든다는 것을 당시에는 알지 못했다. 그러니 될 수 있으면 길고 깊은 연애를 해보라고 권하고 싶다. 연애만큼 내가 어떤 인간인지 적나라하게 보여주는 행위가 없기 때문이다.

세상 모든 좌절에는 다 이유가 있겠으나, 연애만큼 내가 얼마나 아무것도 아닌 일에 무너질 수 있는지 제대로 알려준 경험은 많지 않았다. 상대는 다 달랐지만 내가 하는 '바보짓'들은 큰 틀에서 유사했다. 그 경험에 미루어 내가 알 수 있었던 사실은 다음과 같다.

첫째. 나는 1년 반 넘게 한 사람에게 애틋한 감정을 유지하지 못한다는 것.

둘째. 믿었던 사람에게 배신당하면 속절없이 무너져서, 하염없이 담배만 피우는 사람이라는 것.

셋째. 버스에 앉아 있다가 갑자기 눈물이 흐르면 정말 쪽팔린다는 것.

넷째. 사랑하는 이에게 다른 사람이 생긴 걸 직감하면, 롯데가 준플레이오프 1, 2차전을 이겨도 웃지 못한다는 것.

다섯째. 곧 죽어도 장거리 연애는 해서는 안 된다는 것.

여섯째. 죽을 것처럼 힘들어도 사람이 결코 쉽게 죽지 않는다는 것.

마지막으로 무엇보다 중요한 것은, 결국 다시 누군가를 사랑하게 된다는 것.

성장은 헤어짐에서 드러난다

연애는 시작보다 마무리가 중요하다는 걸 연애를 하기 전에는 몰랐다. 시작은 늘 비슷했지만 헤어짐은 달랐다. 내가 성장한 만큼 헤어짐에도 성숙이 묻어났다. 그래서 마지막으로 경험한 이별에 가장 성숙하게 대처할 수 있었다. 우선 헬스를 등록하고 운동에 집중했다. 한때 이 사람이 전부라고 믿은 사람을 땀과 함께 흘려보내는 것 말고는 할 수 있는 게 없었다. '무언가와 헤어지는 것'이 곧 사람의 성장인 듯했다.

시간이 지나고, 여러 만남 뒤에 치카코를 만났을 때는 이미 알고 있었다. 처음 만난 감정이 유지되지 않을 거라는 것과 1년 반이 지나면 이 연애에도 반드시 매너리즘이 올 것이라는 것과 이 사람이 전부일 것 같은 감정이 잠시의 착각일 수 있다는 것을.

바람결에만 스쳐도 쉽게 상처 나는 마음도, 조그마한 것에 가슴 뛰는 설레임도 거의 사라져서였을까. 신기하게도 이 연애는 시간을 의식할 새도 없이 6년간 이어졌다. 시간이 흘러도 우리는 헤어짐을 선택하지 않았다.

사실 연애 자체에 크게 달라질 게 있을까. 시간이 지나서 내가 변했을 뿐이었다. 하지만 그 변화는 이전의 만남이 있었기에 가능했으며, 그 경험이 유기적으로 이어져 지금 아내와의 만남에 이르렀다.

호주에 가서
일본어를 배운 남자

영어를 배우러 떠나다

대학 졸업 전 한 학기를 남겨두고 나는 호주로 떠났다. 대단한 목표가 있어서는 아니었다. 물론 대단한 목표가 있는 것처럼 말하고 다니긴 했다. 다들 가는 외국, 나도 한번 가보고 싶었다. 이대로 반년이 지나면 그대로 졸업한다는 현실 앞에서, 경제활동에서 면죄부를 부여받는 따스한 시골집 아랫목 같은 학생 신분을 버릴 준비가 되지 않았다는 것이 주된 이유였지만, 표면적 목표는 '영어 공부'였다.

호주를 선택한 이유는 다인종, 다민족 국가라 정착하기 쉬울 것 같아서였다. 또 자연환경이 아름답고 일자리 구하기도 수월하다며 주위에서 추천하기도 했다. 대세라는 게 있지 않은가. 당시에는 호주가 대세였다.

생각만 해도 두근거리지 않는가? 호주로 떠난 대학생이 천혜의 자연환경 속에서 영어를 자유롭게 쓰며 일을 하고, 다양한 인종의 친구를 사귀고 높은 시급을 모아 호주 전역을 여행한 뒤 한국으로 금의환향하는 빅 픽쳐!

마블의 캐릭터 '닥터 스트레인지'가 보았던 14,000,605가지 비전 중 성공할 수 있는 단 하나의 확률. 그 확률을 뚫어야 실현되는 일들이 내게도 당연히 일어날 거라 착각하며 그렇게 호주로 떠났다.

모로 가도 영어만 배워서 오면 되는 것 아니겠는가. 어찌되었든 조기교육으로 이른 나이에 영어를 접했던 나는 영어에 대한 거부감이 없었고, 유학생 중 비교적 상위 클래스에서 호주 어학원 생활을 시작했다. 그렇게 영어를 착실히 배워서 딴 영어 점수를 바탕으로 근면 성실하게 살았다면 이글을 쓰고 있지 않을 것이다.

일본어를 배워서 돌아오다

학생 때 선생님들께 자주 듣던 말이 있다. "꼭 공부 못하는 애들이 국사 시간에 영어 공부하고, 수학 시간에 국어 공부한다." 물론 당시 내가 그랬다는 말은 아니다. 최소한 나는 수업 중인 과목을 공부하긴 했다. 그래서 이게 남의 이야기일 줄 알았는데, 아니었다. 나는 영어를 모어로 삼는 호주에서 일본어를 배워왔다.

드라마를 보면 시간이 흘러 주인공이 새 사람으로 변해 있듯, 호주로 떠난 지 반년 지나 인천공항으로 입국할 때 나는 일본어를 유창하게 하는 사람이 되어 있었다. 메이저리거가 되겠다고 떠난 녀석이 축구선수가 되어 돌아온 것이다.

호주 생활을 할 때 나는 의도적으로 한국 사람들과 거리를 뒀다. 이건 많은 사람이 하는 선택이다. 한국어 쓰는 환경을 애초에 만들지 않겠다는 의지였다. 문제는 말도 잘 안 통하는 서양 애들과의 대화가 피곤했는지 점차 몸이 편한 선택을 하기 시작했다는 것이다. 취미로 오래 공부해서 일본어 대화가 얼추 가능하다는 이유로 일본 친구들과 친해진 것이다.

일본인들 사이에 끼어 있던 나는 그들과 친해지며 그동안 안에 축적되어 있던 일본어가 봇물 터지듯 입에서 튀어나오기 시작했다. 회화라는 게 한번 터지기 시작하면 말도 안 되는 속도로 늘고는 한다.

걸어서 10분이면 구경이 끝나는 호주의 작은 도시 케언즈에서 할 일이라고는 바비큐와 수영, 그리고 싸구려 와인과 맥주를 마시며 밤늦도록 수다를 떠는 게 전부였다. 나는 많은 친구를 만들었고, 그곳에서 사귄 여자 친구도 일본인이었다. 일본어가 안 늘 수가 없는 환경이었다. 마치 호주 땅을 밟기 위해 일본어를 미리 예습했다는 듯, 하루하루 일본어가 쑥쑥 늘었다. 의도한 결과는 아니었다.

그러다가 이마저도 다 인생의 큰 그림으로 이어질 것이라 예고라도 하듯 '그럼 일본에나 가서 살아볼까?' 하고 생각하게 되었다. 호주까지 가서 말이다.

일본에
가고 싶어지다

그들의 아이팟에는 특별한 점이 있다

사람에게는 특정 시기를 떠올리게 하는 음악이 있다. 눈이
소복이 쌓인 신병교육대 교회에서 흘러나온 박효신의 〈눈
의 꽃〉. 입대 2주 만에 음악이라는 걸 다시 들었던 그 경험
처럼, 어떤 음악은 도입부 한 소절 만에 과거로 시간 여행을
보낸다. 이런 음악이 차곡차곡 늘어갈 때 나이가 들었다고
체감하게 된다.

　물론 호주 어학원 시절이 떠오르는 노래도 있다. 들으면
바로 호주의 새파란 하늘이 펼쳐지는 음악들. 재미있는 건

호주를 떠올리게 하는 음악은 주로 일본 친구들이 들려준 제이팝이라는 사실이다.

호주 유학 당시 나는 수시로 음악을 들었다. 내가 좋아할 만한 음악을 예측해서 추천해주는 편리한 스트리밍 기기, 즉 스마트폰이 없던 시절. 오늘 들을 음악을 손수 음원 재생 기기에 집어넣고 유선 이어폰을 귀에 꽂는 수고를 했다. 그때는 사람들이 듣는 노래가 대개 비슷했다. 주로 인기 있는 곡을 듣다 보니 취향이 거기서 거기였다.

정해진 틀에서 비슷한 경험을 하며 성장해서 그런지, 한국 사람들은 음악을 듣는 감성이 비슷했다. 또 유행에 무척 민감해서 연령대가 같으면 같은 음악을 듣는 경우가 많았다. 그래서 한국 사람끼리는 공감대 형성이 쉬웠다. 그런데 이건 장점이자 단점이기도 했다. 사람들이 알고 있는 노래가 비슷하다는 말은 같은 지점에서 비슷한 감정을 느낀다는 것을 뜻한다. 그래서 아는 노래가 흐르면 모두 함께 흥이 올랐고, 누구 할 것 없이 '멜론 탑 100'에 있을 법한 노래를 들었다. 그러니 듣는 음악을 통해 그 사람의 취향을 유추하는 게 쉽지 않았다.

반면 호주에서 만난 일본 친구들은 그렇지 않았다. 그들의 MP3 플레이어에는 각자 다른 음악이 들어 있었다. 유행 같은 건 관심도 없다는 듯, 음악 리스트에서 자기 취향이 적나라하게 드러났다.

모든 사람이 다른 음악을 듣는 세상

물론 일본의 음악 시장이 워낙 크고 음악 장르가 다양해서이기도 할 것이다. 그럼에도 "일본 사람이 이 노래를 몰라?" 할 때가 너무 많았다. 외국인인 나도 아는 일본 노래를 일본인이 모른다는 사실이 꽤 충격이었다. 사실 그들 입장에서는 좋아하는 노래가 아니면 모르는 게 당연했다.

그래서 호주에 있을 때, 여러 일본 친구의 음악을 뺏어서 들어봤다. 이건 마치 그들의 MBTI를 알게 되는 듯한 재미가 있었다. 반듯하게 생긴 친구가 메탈 음악만 듣고, 누군가는 애니메이션 주제가만 들었다. 또 그때부터 케이팝을 듣는 친구도 있었다. 이렇게 취향이 다른 사람이 모여 있어도 서로 개성이 다 달라도 친구가 되는 데는 문제가 없었다. 사람이라는 게 원래 다른 거니 말이다.

　물론 한국에도 주류 아닌 취향을 가진 친구가 없었던 건 아니다. 다만 일본 친구들은 취향이 모두 다르다 보니, 뭐가 주류고 뭐가 비주류라고 규정짓기조차 어렵게 느껴졌다. 평생 한국에서 자라온 나로서는 신기한 경험이었다. 호주에서 한국으로 돌아온 내가 대학 졸업 후 일본에 가서 살아보기로 결정한 것에는 이런 경험이 일조했다.

　일본의 워킹홀리데이 비자 신청 양식 중에는 매우 독특한 서류가 하나 있다. 바로 '이유서'라는 서류다. 신청자는 내가 일본에 왜 가야 하는지 그 이유를 작성해야 하는데, 이렇게 이유를 캐묻는 대신 돈은 한푼도 받지 않는다. 일본은 분기별로 1년에 네 번 워홀 비자 발급 대상을 선정하는데, 운이 나쁘면 영원히 비자를 못 받을 수도 있다. 뭐랄까, 무척 건방진 시스템인데 그 취지가 마음에 들기도 했다. 돈은 한푼도 받지 않지만 확실한 이유가 있는 사람만 뽑는 것이니 말이다. 물론 그렇다고 내가 비자를 받지 못할 거라는 생각은 하지 않았다.

　이유서를 쓸 때, 나는 치장할 필요를 느끼지 못했다. 거짓말로 이유서를 부풀릴 이유도 없었다. 그저 담담히 내가 호주에서 느꼈던 것을 써 내려갔다.

　일본에서 살아보고 싶은 많은 이유가 있었지만, 내 생각에 다음의 이유가 가장 문학적이었다. 어찌 보면 너무 추상적 동기였을지도 모르지만, 경험을 통해 느낀 가장 진실된 마음이기도 했다.

　'모든 사람이 다른 음악을 듣는 세상에서 살아보고 싶다.'

　진심이 통했기 때문이었을까. 다행히 일본행 워홀 비자는 한 번에 받을 수 있었다.

이 나라에
왜 왔어요?

포장된 자기소개

해외에 머무는 사람이 지겹도록 듣는 질문이다. 면접이든 개인적 술자리든 어떤 이유에서든, 초면에 만난 사람과 대화하면서 이 질문이 빠지는 일은 거의 없다.

"이 나라에 왜 왔어요?"

이 식상한 질문에 대한 답변은 모두 다른 듯해도 한편 다 비슷한데, 주로 이런 내용이 많다.

하나. 언어 공부

둘. 문화에 대한 관심

셋. 해외에서의 새로운 도전

대개 이 세 가지 키워드로 추릴 수 있다. 사람의 생각이라는 게 거기서 거기인 것 같다. 물론 나 또한 이 질문에 비슷한 내용으로 답변했었다.

체류 초기부터 일본어가 비교적 유창했다는 사실을 제외하면, 나라고 다를 건 없었다. 특히 회사 면접을 볼 때 이 질문을 받으면, 이 세 가지 요소를 정갈하게 비벼서 답변했다 (물론 화학조미료를 좀 더 넣어서 감칠맛을 더했다). 일본에서 머무는 시간이 길어지면서 이 질문을 받을 일은 점차 줄어들었지만, 역으로 면접관이 되어 면접장에 들어가면, 일본에 온 지 얼마 안 된 한국인 지원자가 내가 예전에 한 이야기를 똑같이 하는 모습을 보게 된다.

여기서 한 가지는 분명히 해야 할 것 같다. 사실 나는 언어 공부나 문화에 대한 관심이나 새로운 도전 때문에 일본에 온 게 아니었다. '더 놀고 싶어서'였다.

대학 졸업 후, 취업 전선에서 치열하게 다퉈야 하는 시기에 일본행을 선택한 것은 더 놀고 싶어서였다. 다른 사람은 속여도 내가 나를 속일 수는 없는 법. 나는 더 놀고 싶었다. 당장 학생 신분에서 벗어나 취업 한파를 정면에서 받아낼 용기도 없었고, 그렇다고 이 선택을 도피라고 말하자니 체면이 안 서서 '유학'이라는 괜찮은 말로 나를 포장했다.

마치 〈스트리트 파이터2〉에서 스테이지 이동 전에 자동차를 부수는 보너스 스테이지를 주듯, 인생의 보너스 스테이지에서 1년만 놀고 돌아가야겠다고 생각했다. 그 뒤로는 정말 엄마가 원하는 삶을 살겠다고, 첫 월급 받아서 엄마 내복을 사드리는 방향으로 인생의 키를 돌리겠다고 다짐했다.

아마 면접 자리에서 이렇게 말했다면, 직장인으로 살 수 없었을 것이다. 늦었지만 면접관들에게 죄송하다. 나는 그때 당신들을 속였다. 하지만 그렇다고 그때 솔직하게 말했으면 그들이 나를 붙여줬을까 싶긴 하다.

누가 이렇게 살라고 한 건 아니지만

분명 부모님은 내게 이렇게 살라고 하신 적이 없다. 어른들이 제시한 방향에 따라 착실하게 산 사람도 아니지만 크게 벗어나지도 않은 인생이었는데, 대학 졸업 후 해외에서 살기로 하면서 인생이 갑작스럽게 바뀌었다. 자고로 책의 저자란 엄마 말 잘 듣고 산 사람이 되는 것인 줄 알았는데, 이 책은 예외일 듯하다.

그럼에도 인생은 참 재미있다. 의도한 것이든 아니든, 가장 중요한 시기에 해외로 나간 한국 남자가 1년간 진하게 놀고 돌아와서 직장인으로 살았더라면, 애초에 이 글을 쓸 일도 없었을 테니까. 좋든 나쁘든 이 일반적이지 않은 선택이 내 인생을 극적으로 만들었다.

1년만 놀다가 돌아가야지 했던 내가, 13년이 지난 지금도 일본에 있다. 일본에서 직장을 잡고, 몇 번의 이직을 하고, 지금의 아내를 만나 가족을 꾸려서 살고 있다. 딱히 거창한 목적 없이 한 선택이었지만, 이제 와서 보니 부모님이 원한 결과를 가져온 것이다. 단지 놀기 위해 왔던 일본에서 결과적으로 삶의 안정을 누리게 되었다. 이제야 엄마는 내게 이런 말씀을 하신다.

"나는 네 걱정은 별로 안 했다."

아니, 이분은 거짓말을 하고 있다. 물론 내가 지금 잘 풀린 게 일본에 와서 열심히 살아서일 수도, 단순히 운이 좋아서일 수도, 내게 일본이 기회의 땅이었기 때문일 수도 있다. 세상에 단 한 가지 이유로 이루어지는 일이 있겠는가. 다만 분명한 사실은, 일본에서 사는 동안 내 곁에 치카코가 늘 함께했다는 것이다. 어쩌면 치카코를 만났기 때문에 내가 여기까지 무탈하게 온 건지도 모를 일이다. 그사이 우리에게 어떤 일이 있었는지 읽고 판단해주시면 고맙겠다.

이 남자는 1년만 일본에 갔다 오겠다고 말하고선 집을 나섰다.

일본에서
인연을
만나다

만남은 인연의 시작일 뿐이다
시작이 반이라고들 하지만
모든 시작이 다 순탄치만은 않은 법

모든 게 잘 맞는 관계란 없다
아무도 우리가 오래 갈 거라 말하지 않았다

도쿄에서
내 짝을 찾는 법
———————

드디어 시작된 일본 생활

2011년 5월, 나는 일본 도쿄에 도착했다. 동일본 대지진이 일어난 지 겨우 두 달 지나, 아직 재난의 여파로 혼란한 시기였다. 살 집도 정하지 않고 건너왔지만 정착하기가 그리 어렵지 않았다. 급하게 일본을 떠난 외국인이 많아서 빈집이 널린 무렵이었다.

처음 살아보는 나라였지만 이미 말은 할 줄 알았고, 아는 사람도 꽤 있었다. 호주에서 사귄 일본인 친구들을 심심할 때마다 불러냈으며, 아는 동생을 통해서 현지 알바 자리도 금세 구했다. 그렇지만 고작 32만 엔 들고 시작한 일본 생활의 환경이 그렇게 좋을 리는 없었다.

일본에 도착하자마자 급히 구한 집. 이곳으로 귀가해서 형광등을 켜면, 바퀴벌레가 경찰 단속을 피해 도망치는 불법 도박꾼들처럼 순식간에 가구 밑으로 숨었다. 나는 비위가 좋은 편이지만 그렇다고 그 바퀴들조차 사랑할 순 없었다. 결국 나는 집에 오래 있지 않았고 대부분의 시간을 밖에서 보냈다.

집에 있지 않으려 한 이유는 하나 더 있었다. 일본에서 새로운 생활이 시작되었지만, 호주를 떠나며 맞은 이별의 상처가 아직 아물지 않았기 때문이었다. 미련이 없었다면 거짓말이다. 혼자 지내다 보면 종종 전 여자 친구가 떠오르기도 했지만, 이 책은 치카코도 읽을 것이니 구체적 언급은 참는 게 앞으로 삶이 편하지 싶다. 책 한 권 내자고 인생의 난이도를 올릴 필요는 없지 않겠는가. 다만 분명한 것은 이전 연애를 잊고, 새로운 만남을 시작하고 싶다는 마음이 간절했다는 것이다.

'누군가를 다시 사랑하게 되어, 더 행복한 시간을 만드는 것.' 이별 이후의 삶에서 이 이상의 바람이 있을까. 처음에는 원망에 사무쳐서 억지로 세뇌하듯 되뇌던 이 말이, 오랜 시간 반복하다 보니 나라는 사람의 성격까지 바꿔놓았다.

번호를 딴다는 것

과거 내 주변에는 가볍게 연애하는 사람들이 있었다. 그들은 처음 보는 사람에게 쉽게 말을 걸고 연락처를 교환하고 금새 연인으로 발전했다. 아무래도 남 눈치 안 보고 살 수 있는 외국이라는 게 일정 부분 영향을 줬을 것이다. 개중에는 복수의 사람과 동시에 연애를 하는 사람도 있었고, 관계의 쾌락만을 추구하는 부류도 있었다(나는 지금 단어 선택에 신중을 기하고 있다. 이 동네도 꽤나 좁은 동네이니 양해 바란다).

처음에 나는 그런 가벼운 연애를 비판적으로 바라보았는데 어느새인가 생각이 바뀌었다. 속된 말로 '번호를 따는' 행위 자체는 그렇게 나쁘지 않을 수 있다고 생각하게 된 것이다. 그 이유는 이렇다.

어차피 연애라는 게 괜찮은 사람 한 명을 만나면 거기서 상황 종료 아니던가. 10명에게 말을 걸든 100명에게 말을 걸든, 제대로 된 한 명만 만나면 다음 단계가 시작되면서 그전 후보군의 숫자는 의미가 없어진다. 누가 봐도 잘난 사람이나 재벌 집 아들 정도 되면 좋다는 사람이 널렸겠지만, 그들이나 나나 연애가 시작되면 한 명밖에 못 만나는 건 다를 게 없을 터. 즉 타율보다 안타 하나가 중요하다는 뜻이다.

'인디언이 기우제를 지내면 반드시 비가 내리는 이유는 인디언이 비가 내릴 때까지 기우제를 지내기 때문'이라는 농담이 있다. 그러니 막말로 내가 매일 한 명씩 새로운 사람을 만나다 보면 그중에 인연 하나 생기지 않는 게 오히려 이상한 일일 것이다. 타석에 계속 들어서다 보면 얻어걸려서라도 안타 하나쯤은 나오지 않겠는가. 새로운 인연을 만들기 위해 직접 발로 뛰자고 생각한 건, 일본에 온 지 한 달 남짓 되었을 때였다. 심지어 이 방법은 여러모로 효율적이기까지 했다.

우리는 연애 대상을 물색할 때, 본선을 치르기 전 일종의 지역 예선을 거친다. 여기서 말하는 지역 예선이란 연애 상대의 '외적 매력'을 판단하는 과정이다. 이렇게 예선을 통과한 인원 중에서 성격, 인품, 취향 등 수많은 변수를 고려하고, 결정적으로 상대방도 내게 호감을 가져야 한다는 가장 큰 허들을 넘어서야 최종 우승자로서 한 명의 짝을 만나는 것이다.

그렇다면 제한된 환경에서 운명의 누군가가 나타나길 기다리기보다는 스스로 예선 후보를 찾아 나서는 게 더 효과적이지 않을까. 닫혀 있던 마음을 열고 항구를 개항해 신문물을 받아들여 새로운 만남을 창조하는 개화파적 연애를 하기로 결심했다. 쉽게 말해, 그때부터 나는 마음에 드는 여자의 번호를 따기로 했다.

이제 나는 기회가 될 때마다 내 나름의 지역 예선 통과자들에게 연락처를 물었다. 돈이 드는 일도 아니었다. 연락처를 물어서 안 주면 조금 쪽팔리면 되는 문제였다. 달덩이만 한 얼굴을 미리 알리고 시작하는 만남이었기에 뒤늦은 클레임이 들어올 확률도 낮았다.

정말 시건방진 소리처럼 들리고 "니 주제에 무슨"이라는 소리가 절로 나올지도 모르겠지만, 나는 내가 오래오래 사랑할 사람의 후보군을 추리고 토너먼트를 붙여서 그중 최적의 한 명을 선택하는 나만의 '이상형 월드컵'을 개최하기로 했다.

꽤 긴 시일이 걸릴 거라고 생각했던 이 '월드컵'은 그리 오래 가지 않았다. 내 휴대전화에 10명 남짓한 여성의 연락처가 담겨 있던 시기, 우연히 치카코를 만나게 된 것이다.

가볍디가벼운
첫 만남

그녀가 내 삶에 처음 들어온 날

살면서 얼마나 많은 사람을 알게 모르게 지나칠까. 하루에도 수십, 수백 명을 지나칠 것이다. 그런데 그중에서 극히 드물게 이어지는 관계가 있다. 사람들은 그것을 인연이라고 부른다.

다만 이 인연이라는 것은 지극히 결과론적이다. 이미 이루어진 관계에 뒤늦게 의미 부여를 하다 보면 인연이라는 정의가 따라오는 것이다. 그러니 나 또한 결과만을 보고, 치카코를 만난 날이 인연을 만난 날이라고 정의해보겠다. 사실 우리가 서로 인연이 될 기회는 딱 그날뿐이었을 것이다. 치카코가 나를 스친 유일한 날. 지금은 부부가 되어 있지만 그날 내가 움직이지 않았다면 치카코는 내 인연이 되지 않았을 것이다.

결과론적으로 인생에서 가장 중요한 인연을 만난 그날, 내가 알바하던 가게로 머리를 빼꼼 내밀며 들어갈까 말까 망설이던 치카코와 그녀의 친구 유리에의 모습을 선명하게 기억한다(굳이 어떤 모습이었는지 알고 싶다면 〈나홀로 집에 2〉 포스터를 확인해보면 된다. 케빈 뒤로 당시 치카코와 유사한 포즈를 취하고 있는 도둑들을 볼 수 있다. 표정은 조금 달랐을지도 모른다). 예쁘지 않았던 건 아니지만 첫눈에 반하지는 않았다. 다만 옆모습은 꽤 참하다고 생각했다.

그녀가 우리 가게에서 차를 다 마시고 가게를 떠나려고 할 때, 말 한번 못 걸어보고 보내면 후회하겠다 싶어서 가게 밖으로 따라 나갔다. 불쑥 따라와 말을 거는 나를 보고 그녀와 친구 둘 다 당황한 것 같았다. 어차피 부끄러울 것도 없었다. 연락처를 안 주면 쪽팔리고 말면 되는 거 아니겠는가.

초면에 이렇게 말을 걸었으니, 어차피 '노는 놈'이라고 오해받을 게 분명했다. 그래서 오히려 확실히 하고 싶었다. 냅다 미친 척하고 초구부터 한가운데 '돌직구'로 꽂아봤다.

"실례인 건 알지만, 혹시 남자 친구 있나요?"

당황하는 듯하면서도, 치카코는 "없다"라고 대답했다. 그래서 나는 "친구하고 싶으니 연락처를 알려달라"고 말했다. 이런 상황에서는 사실 치카코 옆에 있는 유리에의 태도가 가장 중요해진다. 같이 있는 친구가 훼방을 놓기 시작하면 안기부가 와도 개인정보를 알아내긴 힘들다. 다행히 유리에는 치카코의 등을 살짝 떠밀었다. 한번 줘보라고. 정말 기특한 친구다.

부담스러워 하는 눈치였지만, 결국 치카코는 내게 메일 주소를 알려줬다(당시 일본은 휴대전화 문자 대신 메일을 주로 썼다). 펜으로 메모지에 적어줬는데, 메일 주소가 너무, 너무, 너무 길었다. 세상에 문화상품권 시리얼 번호 같은 메일을 쓰는 사람이 있다니…. 내심 '혹시 좀 이상한 애인가?' 싶었다. 어쩌면 거짓 메일 주소를 적어주는 것일지도 모르겠다고 생각했다.

처음으로 그녀의 연락을 받다

집에 돌아가자마자 기업 서류 전형에 지원하듯 내 정체를 소상히 밝히고 최선을 다해 일하겠다고 아니, 친해지고 싶다는 메일을 보냈다. 꽤 장문이었다. 이 메일은 가벼운 마음으로 보내는 게 아니라 강조하며, 제갈량 출사표 올리듯 궁서체로 절절하게 적어올렸다.

하루 꼬박 기다려도 답장은 오지 않았다. 그냥 거절하기 어려워서 연락처를 줬나보다 하고 마음을 접으려 했다. 어차피 가벼운 마음으로 접근했던 거니까 크게 아쉬울 건 없었다. 하지만 메일을 보낸 지 정확히 25시간이 지난 다음 날 저녁, 치카코의 답장이 도착했다. 조금 기뻤다.

여기서 이야기를 더 과거로 돌려보자. 나는 치카코 이전에도 많은 사람과 연락처를 교환하고 저녁을 먹었다. 그럼에도 치카코에게 말을 건 것은 그때까지 이 사람이다 싶은 사람을 만나지 못했기 때문이다. 배부른 소리일지 모르지만 외모가 마음에 들었다고 꼭 사람이 좋아지는 건 아니다. 사람에게 호감을 느끼는 것은 자기 마음대로 선택할 수 없으니, 어떤 의미에서는 그런 감정을 느끼는 대상이 나타난다는 것만으로도 굉장한 행운이다.

어떤 사람은 대화가 지루했고, 어떤 사람은 비교적 괜찮았지만 연락이 이어지지 않았다. 하루빨리 운명처럼 신이 점지해주는 누군가가 딱 하고 나타나길 바랐지만, 그 과정에는 생각보다 많은 시간이 걸렸다(그래 봤자 두 달 정도지만).

하루가 꼬박 지나 도착한 치카코의 답장은 매우 길었다. 내가 써서 보낸 모든 문장 하나하나에 전부 각주를 단 듯했다. '이렇게까지 고객센터 답변 메일처럼 진지하게 적어 보낼 일인가?' 싶으면서도 간호사 초년생이 바쁜 와중에 일 끝내고 이 글을 적어 보냈다는 게 내심 고마웠다. 바보처럼 느껴질 정도로 진지하고 성실한 답변이었다.

딱히 톡톡 튀는 구석은 없었지만, 이 무게감 있는 답장이 좋았다. 길에서 처음 말을 걸어 연락처를 교환한, 누구보다 가벼운 첫 만남을 가진 두 사람이 옥중 편지를 주고받듯 진지한 서면 연락을 취하고 있는 아이러니.

치카코와의 첫 시작은 그러했다. 조금 이상한 시작이었다.

당시 치카코의 메일 주소는 약 40자에 달했다. 그래서 본인도 메일 주소를 매번 헷갈려 했다. 왜 주소를 이렇게 만들어서 불편함을 자초하는지 물어보니, 이런 답이 돌아왔다. "이러면 스팸메일이 안 온다고 해서."

메일함을 확인해보니 스팸메일이 잔뜩 있었다.

다른 나라 사람과
연애한다는 것

연락은 하루에 한 번

연락은 메일로 계속되었다. 애초에 길었던 메일을 몇 번 주고받자 내용에 더 살이 붙었고, 언젠가부터 단편소설을 집필하는 심정으로 글을 쓰고 있는 나를 발견했다. 이미 시동이 걸렸는데 냅다 브레이크를 밟으며 "그래서 우리 언제 봐?" 하고 단문 메일을 보낼 수는 없었다.

군대 간 여자 친구에게 하루하루 편지 쓰는 마음으로 메일을 보냈다. 집배원 아저씨가 언제 편지를 물어다줄까 기다리는 소녀의 마음으로 휴대전화의 알림창을 보며 답장을 기다렸다. 그러다가 더는 지체할 수 없겠다 싶어, 만나서 식사라도 하자는 말을 먼저 꺼낸 것은 내 쪽이었다. 첫 식사를 가지기까지도 시간이 걸렸지만, 그 이후로도 겨우 한 달에 한두 번 만나는 게 최대였다.

대학병원 간호사 1년 차는 정말 말도 못 하게 바빴다. 옆에서 지켜본 바로는 하루하루가 페이스북 나스닥 상장 이튿째의 마크 저커버그 같았다. 연락이라도 자주 할 수 있었다면 그나마 기다리기 수월했겠지만, 답장을 받는 데만 꼬박 하루가 걸리고는 했다. 메일 송신음이라도 들리면, 퇴근길에 치킨 사온 아빠 마중 나가듯 발그레한 얼굴로 메일을 확인했고, 광복절 경축사 읽는 경건한 기분으로 무릎 꿇고 한 글자씩 내용을 정독했다.

일본은 애초에 연인 간 연락 횟수가 많지 않은 나라로, 잦은 연락을 부담스럽게 느끼는 사람이 다수파다. 심지어 치카코는 간호사다 보니 업무 중에 휴대전화를 확인할 수조차 없었다. 일본인과의 교제가 처음이 아닌데도 이 정도의 연락 빈도는 난생처음이었다. 하지만 어쩌겠는가. 참고 기다려야 하는 것은 내 쪽인 것을. 만나기 쉽지 않으니, 이 사람에 대한 흥미가 괜스레 증폭되었다.

우리가 사귈 수 있을까?

사실 대학병원 간호사로 막 일을 시작한 치카코는 당시 연애할 상황이 아니었다고 한다. 당장에 외울 것, 배울 것이 차고 넘쳐서 병원에 가면 실수하지 않을까 신경 쓰느라 머릿속에 병원 일밖에 없던 시기였다. 그러던 중 한 남자가 느닷없이 쑥 하고 인생에 들어와서 만나자고 졸라대는데, 차마 거절하기 어려워서 연락을 유지한 부분도 없지 않았다고 한다.

하지만 사람 간의 관계에서 결국 중요한 것은 서로가 끈을 놓지 않는 것. 연결되어 있는 이상, 관계는 어떻게든 유지된다. 나도 전에 비하면 나이가 들었는지 그렇게 못 기다릴 것도 없었다.

가뭄에 콩 나듯 얼굴을 보는 상황에서도 연락은 지속되었다. 그사이 나는 가지고 있던 다른 사람들의 연락처를 지우기 시작했다. 치카코를 만나고 이 여자다 확신을 가진 것은 아니었지만, 화장도 옷도 말하는 것도 아무 치장도 하지 않은 손톱까지 모든 면에서 수수함 그 자체였던 이 아가씨가 가장 궁금했다.

치카코는 아찔한 단맛은 없지만 계속해서 홀짝대게 만드는 옥수수 수염차 같았다. 화려한 향기로 매혹하는 장미꽃보다는 가을바람에 흔들리는 강아지풀 같았다.

문제는 옥수수 수염차든 둥굴레차든, 차가 나와야 마시든 말든 결정을 할 텐데, 얼굴 한번 보는 데 시간이 너무 걸렸다. 그렇게 3개월에 걸쳐 겨우 몇 번 만났을 때, 나는 이 아가씨에게 사귀자는 말을 꺼냈다.

그러나 그녀의 대답은 '노'였다.

이전 연애가 끝난 지 아직 1년밖에 안 되었다는 것이 그 이유였다. '이게 이유가 된다고?' 전 남친과 헤어진 지 1년밖에 안 되어서 다른 연애를 할 준비가 안 되었다니! 열녀문이라도 세워드려야 할 것 같은 이 강아지풀 뜯어먹는 소리에 결국 이 말이 절로 나왔다.

"아… 일본 여자 모르겠다, 정말."

같은 색 옷만
입는 여자

불현듯 찾아온 공포

그럼에도 치카코와의 만남은 계속되었다. 사귀자는 내 제안에도 '지금은 곤란하다, 조금만 기다려달라'라며 관계 설정을 답보했음에도 데이트는 주기적으로 이어졌다. 그렇게 '요즘 따라 내 거인 듯 내 거 아닌 내 거 같은 애'가 여친인지 아닌지 아리송한 상태로 시간이 흘렀다. 그때는 이 관계를 어떻게 명명해야 할지 몰랐는데, 인류는 훗날 이런 관계를 장황하게 설명하는 게 쓸데없다고 생각했는지 '썸'이라는 한 글자를 만들어내 우리 관계를 간략하게 정의했다.

이렇게 어정쩡한 관계로 만남의 횟수만 굼뜨게 늘던 와중, 내 신경을 자극하는 특이점 하나가 눈에 들어왔다. 사소한 문제였지만, 생각하면 할수록 사소한 문제가 아닐 수도 있으리라는 불안이 엄습했다.

나는 내가 갖지 못한 것을 가진 사람이 좋았다. 내게 결핍된 부분을 채워줄 수 있는 사람이 매력적으로 느껴졌기 때문이다. 어릴 때부터 유난히 옷 입는 센스가 없었던 나는 옷을 잘 입는 사람을 동경하고는 했는데, 그래서 내 여자 친구는 옷을 잘 입기 바랐다.

치카코가 대단히 옷을 잘 입는 건 아니었지만, 그렇다고 그 반대도 아니었는데 하루는 문득 섬뜩함을 느꼈다. 그녀와 공유한 기억의 조각들에는 알 수 없는 기시감이 있었는데, 그것을 명확히 인지했을 때 나의 감정은 공포였다. 지난 몇 개월간 그녀가 매번 베이지색 옷만 입었던 것이다! 나는 이 사실을 치카코와 만나기로 한 전날, 침대에서 잠을 청하려고 누웠을 때 알게 되었다.

'혹시 내일도 베이지면 어떡하지?'

'왜 베이지색 옷만 입는 건지 물어봐도 될까?'

'그러면 행여 상처받지는 않을까?'

'그러고 보니 구두도 베이지색이었던 것 같다.'

'집이 베이지색 염료공장을 하는 걸까?'

'혹시 디즈니 캐릭터 중에서 데이지를 가장 좋아할까?'

'아니다, 아니다, 생각이 너무 많아진다.'

'아니 얜 진짜 왜 맨날 베이지색만 입는 걸까?'

베이지색에 대한 집착이 있거나, 내가 모르는 사연이 있지 않고서야 사람이 이렇게 같은 색깔의 옷만 입을 순 없다고 생각했다. 옷 색깔 때문에 혼란스러워하는 내가 바보 같다고 생각하겠지만, 별거 아닌 문제가 누군가에게는 별거일수도 있다.

이윽고 다음 날이 밝았고, 나는 두근거림과 약간의 초조를 느끼며 치카코를 만나러 갔다. 그리고 확인했다. 역에서 내려 개찰구를 빠져나와 내게 다가오던 베이지색 재킷을 입은 한 아가씨를.

그녀는 베이지색을 좋아해

이 마음이 공감받기 어렵다는 사실은 잘 알고 있다. 사람이 베이지색 옷만 입는 게 뭐가 그리 대수일까. 하지만 내게는 중요한 문제였다. 여친이 찜질방 프런트에서 일하는 것도 아닌데, 매번 개량 한복 유니폼마냥 베이지색만 입고 나타나는 게 얼마나 기괴한 경험이었는지 굳이 이해를 바라지는 않겠다. 다만 당시 나는 심각했기 때문에 용기를 내서 묻기로 했다. 아직 사귀기 전이어서 용기가 필요했다.

"너 근데 나 만날 때마다 베이지색 옷만 입잖아?"

그러자 그녀가 무심한 듯 대답했다.

"아, 그래?"

'아, 그래?' 정신이 혼미해졌다. 부끄러워하거나 동요할 거라고 생각했다. 너무 민망해하면 신속히 "베이지도 잘 어울리는데 다른 색 옷을 입은 모습도 보고 싶다"라고 둘러댈 생각이었다. 근데 무심하게 "아, 그래?"라니…. 물어본 내가 오히려 당황스러웠다. 방금 물어본 말은 "오늘 날씨 좋네" 같은 인사치레가 아니었다. 일사 만루 풀카운트에서 반드시 배트를 이끌어내겠다는 다르빗슈의 스플리터 같은 회심의 변화구였다.

그런데 그녀는 세상 심심한 반응을 내보이며 볼넷으로 걸어 나갔다. 당황한 동시에 허무했지만 일단 대화를 계속 했다.

"응, 근데 왜 매번 베이지색만 입는 거야?"

그러자 치카코가 대답했다.

"나, 베이지색 좋아해."

"…."

내가 물은 건 아무리 베이지색을 좋아해도 정치적 혹은 예술적 의도를 지니지 않은 이상, 어떻게 같은 색깔의 옷만 이렇게 입어댈 수 있냐는 것이었다. 차라리 "인간은 태초에 헐벗고 태어나 언젠가는 자연의 품으로 돌아간다는 윤회사 상을 담아 살색에 가장 가까운 베이지색만 입는 의식을 행 하고 있다"라고 답변했다면 '아, 얘가 살짝 정신은 이상해 도 얼굴이 반반하니 참고 만나자' 하고 마음 정리가 되었으 리라.

"나, 베이지색 좋아해."

치카코의 답변은 간결했다. 그녀의 답변에는 동전의 뒷면 같은 건 없었다. 베이지가 좋아서 입는 게 다였다. 남이 어떻게 바라보든.

보라,
취향을 확고히 지키면서도
주변 환경에 완벽하게 동화되는
그녀만의 보호색을….

연애의 시작은
늘 서투르다

연애가 시작되다

치카코를 처음 만난 2011년이 지나고 2012년이 찾아왔다. 이미 반년 넘게 어중간한 관계를 유지하던 치카코와 나는 그해 2월 내 생일날 저녁 식사를 같이했다. 그 자리에서 우리 둘은 이제 안 사귀는 게 더 이상하다는 데 공감했고, 우리 관계를 연인으로 정의하기로 했다.

이제 로맨틱한 고백의 순간과 풋풋한 설렘이 어우러진 달콤한 연애가 시작되겠구나 하셨다면, 사과드린다. 그런데 여기는 그런 집이 아니다.

전 남친이랑 헤어진 지 1년밖에 안 되어서 나와 사귈 수 없다는 희대의 망언을 하며 관계 발전에 저항했던 치카코도 이제는 이 관계를 받아들이기로 한 모양이었다. 여기까지 와서 네가 내 여친 안 하는 것도 이상하니 그냥 여친 하라고 했더니 그제야 겨우 '오케이'라고 하는 것이었다. 마치 채무자가 "다음 달에 돈 들어오면 꼭 갚겠다"라며 지난달에도 써먹은 핑계로 뭉개려 해서 "시끄럽고, 지금 안 갚으면 당장 경찰서 가자" 하고 엄포를 놓으니 양말 안에서 꽁쳐둔 돈이 나오는 상황과 비슷하지만, 이것은 분명 연애의 시작이 맞다(훗날 치카코는 이 망언에 대해, 나라는 사람에 대해 확신이 없어서 대충 핑계를 댔던 거라고 했다).

이렇게 시작된 연인 관계는 큰 설렘 없이 미지근한 상태로 유지되었다. 이미 반년을 만났는데 새로울 게 있겠는가. 오히려 관계가 확실히 정의되자, 만날 때마다 생각의 다름을 두고 다툼을 했다. 사귀기 전에는 안 싸웠는데, 사귀고 나니 싸움이 이어졌다. 대부분의 다툼은 원할 때 만나지 못한다는 데서 발생했다. 그런 다툼의 반복 속에 결국 사건이 벌어지고 말았다.

다시 한번 설명하지만 막 취업한 대학병원 간호사는 진짜

오지게 바빴다. 세상에 흑사병이라도 퍼진 줄 알았다. 낮 근무가 있는 날은 꼭두새벽에 출근해 밤 8시가 지나서야 병원에서 해방되는 일도 허다했다. 상황이 이렇다 보니 매번 밤늦게 한두 시간 만났고, 심지어 급하게 만남이 취소될 때도 종종 있었다. 분명히 사귀기로 한 사이인데 뉴진스 팬 미팅 나가는 기분으로 그녀를 영접했다. 얼굴 보는 것만으로도 감지덕지였으니 '우리 민지'가 베이지색 옷만 입고 나오는 건 문제도 아니었다.

내가 잡채를 싫어하는 이유

문제의 그날, 치카코는 낮 근무였다. 오랜만에 일 마치고 저녁을 먹기로 한 날이었다. 오늘은 왠지 일찍 끝날 것 같다고 그녀가 말했다. 마치 시즌 초 '올해 롯데는 다르다'라고 하는 말과 진배없는 발언이었지만, 속은 셈 치고 믿어보자는 생각으로 서둘러 외출 준비를 했다.

5시에 알바를 끝내고 집으로 와 머리를 손질하기 시작했다. 손질한 머리 모양이 마음에 들지 않으면 머리를 감고 다시 손질을 시도했다. K2 소총 파지하듯 경건한 마음으로 드라이기를 쥐고 나름 외모 관리를 하던 20대 시절이었다. 혼자 사는 방구석에서 옷까지 미리 빼입고 침대에서 초조하게 집합 대기를 탔다. 매만진 머리가 떡이 질까 빳빳하게 목을 세우고 불편한 자세로 휴대전화만 만지작거렸다.

6시. 아직 연락이 없었다. 괜찮다. 아직 6시일 뿐이다. 아직 해도 떨어지지 않았고. 아무리 빨리 끝나도 6시에 끝날 리는 없지 않은가. 벌써 끝났다는 연락이 왔다면 보이스피싱으로 간주했을 것이다.

7시. 아직도 연락이 없었다. 슬슬 연락 올 때가 되었는데 연락이 없으니 "거봐라 롯데가 그렇지"라며, 야구 시즌 중반부터 무던히 경험해 익숙한 그 기분이 모락모락 피어났다. 그러면서도 '혹시나' 하는 마음은, 가을야구를 내심 바라던 마음을 쏙 빼닮아 있었다.

8시. 아직도 휴대전화는 울리지 않았다. 온몸이 피투성이가 된 지역구 4선 국회의원 아들내미라도 실려온 걸까? 병원장이 그 환자만큼은 꼭 살려내라고 난리라도 친 걸까? 내가 모르는 사이 좀비 바이러스라도 창궐한 걸까? 좀비에 물린 환자들이 그녀의 병원에만 몰려든 걸까?

결국 전화벨은 9시가 넘어서야 울렸다. 나는 이미 지쳐 있었고 무척 화가 나 있었다. 냉정하게 호흡을 가다듬으려고 노력하다가 실패한 것 같은 목소리로 전화를 받았다.

"…늦었네?"

"일이 늦게 끝났어."

너무도 태연한 목소리였다. 물론 알고 있었다. 네가 일이 늦게 끝난 사람이라는 건 이 세상 누구보다 잘 알고 있다. 이후의 이야기가 중요했다. 그때 그녀가 어린아이 달래듯 토닥토닥해줬다면 '지금이라도 괜찮다'며 만나자 했을 것이다. 그러나 그 순간, 치카코는 집으로 돌아가겠다고 선언했다.

"오늘은 그냥 집에 갈게."

"뭐? 오늘 밥 먹기로 한 거는?"

오늘 만나기로 한 걸 그녀도 알고 있을 터, 약속 이행에 대한 의지가 있는지 의심이 든 나는 그녀의 의사를 확인했다. 하지만 언제나 불길함은 들어맞는다. 그녀의 대답은 가히 충격적이었다. 〈추격자〉에 나오는 '개미슈퍼 아줌마'급이었다.

"엄마가 잡채를 만들어놔서 가봐야 해."

'아… 잡채? 잡채면 집에 가는 게 맞지. 당면의 쫄깃함과 각종 채소가 한데 버무러져 새콤달콤하게 집으로 쳐가겠다고? 지금?'

화가 치밀어 올랐다. 세상에 잡채 때문에 버림받은 남자가 나 말고 또 있을까? 찜닭에 들어간 쫄면이었다면 조금은 그녀를 이해할 수 있었겠지만 잡채는 안 된다. 잡채 때문에 약속을 파투 놓을 수는 없다. 손에 들고 있던 아이폰 4를 집어던졌다. 정말 화가 나 이성을 잃어버린 아침드라마 남자 주인공처럼 던졌다. 사실 액정이 깨질까 봐 손목에서 스냅을 살짝 풀었다.

엄마가 잡채를 만들어놨다며 나를 버리고 집으로 간다고 그녀가 말한 그날 저녁, 나는 치카코와 헤어지기로 결심했다.

감정에는
온도 차가 있다

연애의 을

사람의 감정은 모두 그 비열이 달라 끓는 점이 다르다. 연애 초기에 대부분의 다툼은 이 감정의 온도 차 때문에 발생한다. 서로 간 감정의 온도 차를 적정 수준으로 맞추는 것, 그것이 연애의 본질이다.

치카코와의 저녁 약속을 앞두고 네 시간을 기다린 저녁, 뒤늦은 연락에도 불구하고 '잡채 때문에 집으로 간다'는 말 한마디에 오만 정이 다 떨어진 나는, 당면 끊어버리듯 치카코와의 연락을 끊어버렸다. 그동안 누적된 다툼에서 쌓인 감정이 서운함을 드러낼 새도 없이 폭발하고 만 것이다.

엄마가 차려놓은 저녁이 차라리 비빔밥이었다면, 제육볶음이었다면, 하다못해 배달 짜장면이었더라도 이렇게 비참하지는 않았으리라. 주메뉴로 쳐주기도 곤란한 반찬 따위에 나와의 약속을 취소하고 집에 간다고 했으니, 이건 이별 통보 그 '잡채'였다.

나는 시간이 많았고, 치카코는 시간이 없었다. 시간의 불균형, 이것이 때로는 연애의 근간을 흔들고는 한다. 간간이 다툼이 있었음에도 반년 동안 자주 보지 못했음에도 큰 문제 없이 관계를 유지했는데, 연인으로 관계를 정의하고 나니 시간이 더 많다는 이유로 나는 이 관계에서 을이 되어 있었다.

그렇게 시간이 흘렀다. 하루가 지나고 이틀이 지나고 3일째 이후부터는 무덤덤했다. 살던 곳이 한인타운 주변이라 길 가다 잡채 사진이 보이면 미간이 살짝 찌푸려졌다. 그래도 다행이었다. 만일 삼겹살이었다면 하루에 수십 번씩 눈에 밟힐 뻔했으니까. 동네에 잡채 전문점은 없었으니까.

관계의 변곡점

사귀기로 했던 두 사람 사이에 아무 연락 없이 8일이 흘렀다. 시간은 일주일을 넘겨 한 바퀴를 지나 있었다. 그렇게 끝날 것 같았다. 조기종영한 드라마처럼 보도자료도 없이 이야기의 막이 내리려던 순간, 이 농약 같은 가시나한테서 문자가 왔다.

"오빠, 왜 연락을 안 줘?"

갑자기 들어온 몸쪽 꽉 찬 직구였다. 바깥쪽으로 흐르는 슬라이더로 간을 볼 법도 한 상황에서 대범하게 몸쪽 직구라니. 사무라이 재팬다운 볼 배합이었다. 배트를 휘둘러볼 새도 없이 올라가는 스트라이크 카운트를 바라볼 수밖에 없었다.

다툼이 있었고 일주일이 넘게 연락을 하지 않았는데 갑자기 하는 소리가 '왜 연락을 안 주냐'라니. 책임 소재가 나한테 있다는 것을 전제로 한 공격. 순식간에 피고와 원고가 바뀌는 역전 재판의 현장. 유도 종주국답게 되치기 시도가 날카로웠다.

어떤 답장을 보낼지 선택은 매우 어려웠다.

선택지 하나. "아니 잡채랑 사귀는 거 아니었어?"

선택지 둘. "벌써 잡채는 다 드신 건가?"

선택지 셋. "미안, 엄마가 다코야키 먹으러 오라 해서."

사실 이렇게 비꼬고도 싶었다. 하지만 한편 그렇게까지 쪼잔한 답변을 쓰고 싶진 않았다. 시간이 흐른 뒤여서 그런지, 잡채든 뭐든 서운한 감정은 희석되고 그냥 얼굴이나 보고 싶었다. 결국 썼다가 지웠다가를 반복하다가 보낸 답장은 의외로 심플했다.

"몰라. 밥이나 먹자."

그리고 우리는 다시 만나 밥을 먹었다. 따지고 보면 헤어진 적은 없었다. 연락을 한 통도 안 했을 뿐이다. 소심하게 나 혼자 마음속으로 이 관계를 단절시켰으나 연락 한 번에 무너질 결심 따위, 시간이 지나서 보니 객기였다.

아무 일 없었다는 듯, 만나서 밥을 먹은 우리는 그렇게 다시 연락을 주고받았다. 그 뒤로 우리 관계에서 마법처럼 다툼이 사라졌다. 어떤 명확한 교훈이 있었던 것도 아니었고 이번 사건에 대한 반성의 시간을 함께 가진 것도 아니었지만, 별다른 언급 없이도 서로 조심해야 할 것을 무의식중에 체득한 것 같았다. 서로 감정의 끓는 점이 어디인지, 서로가 각자의 끓는 점을 어떻게 대해야 할지 조금은 알게 된 것이다.

진짜 반전은
치카코는 그때
내가 화난 것도 몰랐으며
연락이 없는 것도
크게 의식하지 않았다는 사실이다.
간당간당했던 우리들 사이는
끊어질듯 했으나 끊어지지 않고 유지되었다.

친해지는 게
무조건 좋은 걸까?

사고방식의 차이

이제 내 와이프가 된 여자를 두고 지금 와서 이렇게 말하는 건 뭐 하지만, 치카코는 꽤나 선한 여자다.

그녀는 누군가의 험담을 하지 않았다. 단 한 명 매우 힘들어한 사람이 있었고, 내가 들었을 때 그 사람은 뭐랄까, 음⋯ 'XX년'에 가까운 인물이었는데, 그녀는 그조차도 '무서운 선배'라는 워딩으로 친환경 포장을 했다. 긴 시간 동안 한결같이 평판 관리를 경이롭게 해내는 걸 지켜보며, 이쯤 되면 내년 총선 때는 슬슬 공천도 받을 수 있겠다는 생각이 들 정도였다.

주변 사람들에게 그녀는 나이팅게일의 환생이자 친절한 치카코 씨였다. 단 여기서 끝났다면 이 글을 쓰지도 않았을 것이다. 세상 인자한 치카코 씨는 유독 남자 친구에게만큼은 달랐다. 남자 친구만큼은 자신의 그 어떤 몹쓸 모습도 이해해줄 거라는 막연한 믿음을 가졌다. 한국과 많이 다른 사고방식이었다.

잡채 사건을 기억의 저편에 묻고 아무 일도 없었던 커플처럼 요요기 공원으로 피크닉을 간 날. 바닥에 깔 돗자리와 배드민턴 세트를 챙겨 외출한 그날은, 일본 청춘영화 감성의 인스타 필터를 씌운 듯한 날씨였다. 따스한 햇살이 딱 좋을 정도로 살결을 간질이는 봄날, 우리는 잔디밭에 오순도순 앉아서 간식을 나눠 먹고 돗자리에 누워서 파란 하늘을 감상했다. 사담 후세인조차 유니세프 기부 계좌를 검색했을 평화로운 순간이었다. 그런데 배드민턴이 문제였다.

반복되는 수탈의 역사

배드민턴 라켓을 챙겨서 나온 날, 치카코가 힐을 신은 것이다. 애초에 공원에서 배드민턴 치자고 만났는데 뾰족구두를 신고 공원에 오다니. 이런 썩어빠진 정신으로 이들은 도쿄올림픽을 치르겠다는 말인가? 힐을 신은 모습이 너무도 당당해서 어이가 없으려던 찰나, 갑자기 그녀는 힐을 벗기 시작했다.

아, 맨발의 투혼을 보여주시겠다? 머쓱해졌다. 내가 너희들의 순수한 올림픽 정신을 호도했구나. 맨발에 스타킹 바람으로도 잔디밭에서 배드민턴을 칠 수 있는 사회체육 강국 사무라이 재팬을 얕잡아 봤다고 나를 질책하려던 순간, 그녀는 당당히 내 신발을 요구했다. 이날 찍을 영화가 〈러브레터〉가 아니라 〈엽기적인 그녀〉였나보다.

선택지가 어디 있겠는가. 잔디밭 한복판에서 그녀가 "오빠 보여줄 게 있어"라며 맥락 없이 트리플악셀을 시전해도 "아… 오늘따라 발끝 선이 정말 예쁘다" 하고 열병식에서 김정은을 맞는 '로동당원'처럼 물개박수를 쳐야 하는 연애 초기였으니. 그러니 그녀가 내 신발을 원한 순간, 내 신발에는 빨간색 차압 딱지가 붙는 것이었다.

하지만 내 운동화는 그녀에게 헐렁할 수밖에 없었다. 고작 153센티미터 꼬꼬마 텔레토비 주제에 어디 건장한 오빠야의 에어포스를 달랑거리며 라켓을 휘두를 수 있겠는가. 사이즈가 안 맞는 운동화 차림으로는 최대의 퍼포먼스를 낼 수 없다고 판단한 그녀는 금세 내 신발을 포기했다. 신데렐라 구두가 욕심 많은 언니를 벗어나 주인 곁으로 돌아오는 순간이었다.

하지만 그걸로 끝일 줄 알았던 한일 외교는 그녀의 한마디에 불평등조약이자 굴욕외교로 역사에 기술되고 만다.

"오빠, 양말 벗어줘."

너무나도 당당한 요구에 기가 막혔지만, 어떻게 사람 양말을 뺏어 신을 수 있냐고 불평을 하면서도 나는 이미 양말을 벗고 있었다.

사람과 사람이 친해지는 건 순식간이었다. 만인에게 선한 사람이었던 치카코는 자기 남자 친구에게만큼은 본성을 드러낼 줄 알았다.

집으로 돌아오는 길 내내 깔창은 미끄러웠다. 나는 그 양말을 버렸다.

더 이상의 설명은 사진으로 생략한다.

시한부 연애의
딜레마

체류자격은 고작 1년

나는 1년짜리 비자로 일본에 왔다. 이 말인즉슨, 1년이 지나
면 한국으로 돌아가야 한다는 뜻이었다.

치카코를 만나고 교제를 시작한 지 몇 달 되지도 않아 나
의 체류자격은 막바지를 향해 가고 있었다. 처음에 계획했
던 대로 한국으로 돌아가 엄마 말에 따라 살아야 하는 시기
가 다가온 것이었다. 이 계획을 처음 세울 때와 달라진 것
은, 지금 내 옆에 치카코라는 사람이 존재한다는 사실이었
다.

하지만 애초에 시한부였던 연애가 그렇게 끈끈할 리 만무했다. 그녀와 곧 떨어져야 할지도 모른다는 불안감에 늦가을 홍시마냥 손만 톡 대도 관계가 흐물흐물 부서질 것 같던 그 시기. 내게 앞으로 어떻게 할 것인지 확실한 계획이 있을 리가 없었다. 내가 그렇다는 걸 치카코도 대충 알고 있었으리라. 다만 한국으로 돌아가는 선택을 택하기는 쉽지 않았다. 그 선택의 결과는 이별이 될 게 뻔했기 때문이다.

호주에서 귀국할 때도 당시 교제하던 여자 친구를 두고 돌아왔었다. 남자가 인생의 플랜을 고작 여자 때문에 바꾼다는 걸 당시에는 납득할 수 없었다. 그렇게 혼자 한국에 돌아왔지만, 결과는 좋지 못했다. 그러니 또 한 번 같은 선택을 할 수는 없었다. 하지만 외국 생활을 연장하기 위해서는 확실한 명분과 계획이 필요했다.

눈앞의 숙제를 외면하고 해외로 떠난 나 같은 족속들은 서슬 퍼런 효과음과 함께 당장 목에 칼이 들어오는 위기감을 느껴야만 움직이기 시작한다. 그렇지 않으면 뻔히 이런 날이 올 걸 알면서도 그럴 줄 몰랐다는 듯 '어머 나 어쩌지?' 하고 가만히 있는 것이다. 미연에 충분히 방지할 수 있는 실수를 다시 반복한다. 하지만 이번에 나는 호주 때와는 다른 선택을 하기로 했다.

결국 비자를 연장했다. 그리고 일본에서 제대로 취업 활동을 하기로 결심했다. 물론 당장 두 달 만에 괜찮은 일자리를 구할 가능성은 낮았다. 우선은 비자 연장이 급선무였다. 문제는 비자가 나온다는 보장이 없다는 것이었다(일본은 비자 발급이 매우 까다로운 나라다). 다행히 알바를 한 가게 사장님이 도와주셔서 비자 신청을 넣을 수 있었다. 그러고는 하염없이 체류자격이 갱신되길 기다렸다. 이 불안한 시기는 2개월간 지속되었다.

너는 불안하지 않니?

어느 날 사라질지 모르는 남자만큼 옆에 두기 불안한 남자가 또 있을까. 그런데 듣자 하니, 그 남자는 상대의 불안을 달래주기는커녕 자신이 더 불안해했다고 한다. 행여 비자가 안 나오면 돌아가야 한다고 군홧발에 끌려온 〈살인의 추억〉 백광호마냥 파르르 떨어댔다. 치카코와 떨어지는 게 불안했던 걸까, 아니면 일본 생활이 마무리될 수도 있다는 게 불안했던 걸까. 어느 쪽이든 앞날이 암흑처럼 느껴졌다.

나는 내 불안을 치카코와 나누기 위해 안간힘을 다했다. 만날 때마다 '오늘은 우리 함께 불안에 떨어보자'라고 제안이라도 하듯, 몸소 '하남자'의 정석을 실천했다.

"나는 이제 이 나라에서 사라질지도 몰라."

"내가 돌아갈지도 모른다는 생각을 하면 어때?"

"너는 내가 없이도 잘 지낼 수 있을까?"

세상에 졸보도 이런 졸보가 다 있나. 이러면 안 된다는 것을 머리로는 알고 있어도 몸이 따르지 못하는 건 어쩔 수 없었다. 불안에 떠는 모습을 보여주는 것만이 치카코의 애정을 확인하는 길이라 믿던 시절이었다. 사실 나이만 보면 그렇게 어리지도 않았는데 순두부 같은 멘탈로 함께 보내는 시간을 망치는 발언을 일삼던 찰나, 그녀의 단호박 같던 한마디가 나의 뒤통수를 쳤다.

"오빠, 날 위해 비자를 받으려고 하지 마."

내가 비자가 안 나와서 떠나게 되도 너는 괜찮겠느냐는 물음에 대한 답변. 그 상황에서 들을 수 있는 가장 차가운 대답이었다.

서운함이 크게 몰아쳤다. 다만 부정할 수 없었다. 같이 있으면 좋겠지만, 같이 있는 것만으로는 충분하지 않았다. 이미 그럴 나이가 아니었다. 결국 이 한마디가 정신을 바짝 들게 했다. 우리가 함께 있든 없든 내 인생에 대한 책임은 내가 져야 한다는 촌철살인의 한마디. 나는 어느 나라에서 살지 어떻게 살아갈지 하는 인생 최대의 선택을 치카코에게 전가했던 것이었다. 마치 그 무거움을 이겨낼 자신이 없어서 책임을 회피하려는 듯.

그 말을 듣고 집으로 돌아가는 길에 나는 웃을 수 없었다. 곱씹을수록 맞는 말이었다.

누구에게나
부끄러운 시간은 있다

첫 월급에 배부를 순 없다

일본에서 지낸 첫 1년간, 할 수 있는 일은 뭐든 다했다. 카페에서 일을 했고 한국어 개인과외를 했고 단기 아르바이트도 불러주는 대로 나갔다. 알바를 이렇게 풀로 돌리자 수입이 나쁘지 않았다. 버는 족족 술 먹는 데 다 써서 통장 잔고가 남아나지 않았다는 게 문제였지만.

새로 비자를 받아서 일본 생활을 연장하겠다고 마음먹자 이제 인생의 당면과제에서 도망치기에는 너무 늦은 나이임을 직시하게 되었다. 요 쥐방울만 한 치카코도 번듯한 직장이 있는 사회인이었으니 하물며…. 나는 자연스레 피어난 자격지심을 동력으로 삼아, 양복을 입고 인생 첫 취업 활동을 시작했다. 그 결과 조그마한 상사에 영업직으로 입사하며 사회인으로서 첫발을 내디뎠다. 내세울 거라고는 언변이 좋다는 것뿐이라 영업직을 선택했다.

첫 직장의 여건이 좋았다고는 할 수 없었지만, 운은 참 좋았다는 생각이 든다. 좋은 사람들과 함께 일할 수 있었기 때문이다. 말만 할 줄 알았지 실무 경험도 없던 내게 첫 회사는 일본의 비즈니스 매너부터 업무의 기본기를 알려줬다. 그들은 가르쳐주는 것에 인색하지 않았다.

다만 월급이 많지는 않았다. 애초에 워킹홀리데이로 건너와서 난생처음 취업한 신입을 좋은 조건으로 채용하는 것도 이상하지 않은가. 다 예상하고도 좌절하는 게 첫 월급이라고, 세금까지 뜯겨나간 첫 월급을 받고 나니 나도 모르게 탄식이 나왔다.

"아, 쥐꼬리가 이렇게 생긴 거구나…."

알바만 뛰던 시절보다 오히려 반 이하로 줄어버린 수익. 그동안은 버는 족족 쓴 터라 통장에 모인 돈도 얼마 없었다. 정직원이라는 이름을 얻으며 사회에 안착했다는 자긍심도 상처뿐인 명예였다. 월급을 받으면 반이 월세로 나갔고, 이 생활을 시작한 지 얼마 되지 않아 내 전 재산은 572엔이 되어 있었다. 정말이지 잊을 수 없는 숫자다.

전 재산 372엔

기회 되는 대로 공짜 밥을 얻어먹으며 엥겔지수 40퍼센트가 넘는 생활을 유지하던 와중에 위기에 봉착했다. 이제 진짜 먹고 죽을 돈도 없어서, 오늘만 버티면 내일 월급이 들어온다고 하루하루 외줄타기를 하던 어느 날 저녁, 친구 히로를 만났다. 밥 먹을 돈이 없다고 치카코를 불러낼 용기는 없었다.

　돈이 너무 없어서 얻어먹을 생각이었으나, 정작 만나고 나니 꼴에 자존심은 있어서 밥 좀 사달라는 말이 차마 입에서 떨어지지 않았다. 친구한테 밥 한 끼 얻어먹는 게 무슨 수치스러운 일이냐 싶겠지만, 정말로 사 먹을 돈이 없으니 자존심밖에 세울 게 없었던 것이다. 나는 남에게 얻어먹는 것도 내가 사줄 수 있는 여유가 있을 때 가능하다는 걸 이때 알았다.

부끄럽지만 그때는 그랬다. 의도적으로 히로를 맥도날드로 유인했다. 맥도날드의 피에로가 우는 듯 웃는 얼굴이 내 신세 같다고 한탄할 틈도 없이 햄버거를 골랐다. 선택의 여지는 없었다. 100엔짜리 햄버거를 두 개 샀다. 아무 사정도 모르고, 왜 똑같은 걸 두 개 시키냐고 묻는 히로의 말에 나는 이렇게 말했다.

"나는 이게 맛있어."

나는 콜라도 없이 "아, 맛있다"를 연발하며 100엔짜리 햄버거 두 개를 연달아 입에 집어넣었다. 진짜 너무너무 맛있었다. 하지만 그렇게 먹고 나니 전 재산은 372엔이 되어 있었다. 정확히는 통장에 72엔, 현금으로 300엔이었다. 동전 지갑이 없어서 100엔짜리 동전 세 개가 청바지 주머니 안에서 달랑거렸다.

내 인생 최대의 위기를 맞은 날. 감자튀김을 먹을까 고민하다가 비상시에 현금이 필요하겠다 싶어 300엔은 들고 있기로 했다. 혈기 왕성하던 20대, 손바닥 크기도 안 되는 햄버거 두 개를 먹었지만 저녁이 되자 다시 배는 고파왔다.

이 또한 지나간다고 했던가. 다행히 다음 날 월급이 들어와서 어제 못 먹은 감자튀김을 사 먹었다. 수습 기간이 끝나며 월급도 조금씩 올라 생활이 비교적 안정되어 갔다. 여전히 모은 돈도 없고 벌이도 시원찮아 자존감이 안녕할 리 없었지만, 그래도 전 재산 300엔의 위기는 극복했다. 그렇게 마음의 여유가 조금은 생겼을 때, 치카코에게 내 상황을 솔직하게 털어놓았다. 얼마 전까지 내 전 재산이 300엔이었다고.

이 말을 들은 치카코의 반응은 시큰둥했다. 놀라는 기색도 없었다.

"아, 그래? 근데 오빠는 앞으로 돈 더 벌 거잖아?"

나를 치켜세우고자 하는 의도도 위로할 의도도 없이 치카코는 내가 훗날 돈을 더 벌 사람이라 여기고 있었다. 나도 몰랐던 내 미래를 그렇게 말해줬다. 지금 내 수중에 얼마가 있든 시간이 지나면 내가 돈을 더 벌 거라고 말했다. 그 말을 들으니 '정말 그런가?' 싶기도 했다.

이 말은 시궁창 같은 현실을 넘어 내게 미래를 보게 했다. 바닥까지 떨어졌던 한 남자의 멘탈을 멱살 잡고 일으켜 세운 치카코의 한마디였다.

차이를
이해한다는 것

그녀의 집에 처음 가보다

함께 보낸 시간이 누적되면서, 모든 것이 안 맞아 삐걱댔던 우리는 많은 부분에서 서로를 이해하고 맞추고 있었다. 긴 시간 동안 큰 다툼 없이 시간이 흘렀는데, 어찌 보면 심심할 정도로 무난한 시간이기도 했다.

그렇지만 정말 치명적으로 안 맞는 부분들은 여전히 존재했다. 이 간극은 시간이 흘러도 좀처럼 좁혀지지 않았고 과연 우리가 계속 함께할 수 있을지 하는 고민을 다시 불러왔다. 훗날 동거를 하며 이 문제가 표면으로 드러났는데, 그

중에서도 가장 치명적인 문제는 '수납의 개념'이 서로 다르다는 것이었다. 이 문제를 처음 인식한 순간은 다음과 같다.

직장 일로 고향 시즈오카에 계시던 '치버지'(치카코의 아버지)와 달리 '치머니'(치카코의 어머니)는 외동딸의 고달픈 도쿄 생활을 돕기 위해 치카코와 함께 살고 있었다. 그런 치머니는 내게 장판파를 가로막고 서 있는 장비의 위엄과 같았고, 치머니가 지키고 계신 그녀의 집은 넘볼 수 없는 금남의 영역이었다.

하지만 세상에 함락되지 않는 성이 어디 있겠는가. 결국 내게도 기회가 찾아왔다. 치머니가 고향에 내려가시던 날, 빈집털이를 할 절호의 찬스였다. 소문만 무성한 채 미스터리로 뒤덮인 '치카코의 잡채 공장'이 대체 어떤 곳인지 내 눈으로 직접 확인하겠다는 의지에 불타 그녀의 집을 향했다.

그녀의 집에 당도한 나는 압록강을 건너는 탈북자처럼 긴 장감에 침을 꼴깍 삼키며 현관문을 열었다. 그때 내가 보게 될 것들은 그녀의 성격, 생활환경, 성장배경을 모두 적나라하게 드러낼 것이 분명했다. 집은 사람을 말해주는 법. 이 공간을 앞으로 그녀와 함께 보낼 시간의 예고편으로 여기자고 다짐하며 현장으로 들어섰다.

구두로 만든 통곡의 벽

현관문 사이로 역사적인 첫발을 들이민 순간, 나는 패닉에
빠졌다. 그녀의 집 현관에서 보게 된 광경은 타노스의 등장
을 예고하는 쿠키 영상과도 같았으며, 앞으로 펼쳐질 끝없
는 사투를 예고하는 〈엔드게임〉의 서막이었다.

내 눈에 처음 들어온 것은 벽면 붙박이 신발장과 신발장
앞에 수두룩하게 쌓인 구두들이었다. 디자인은 조금씩 달랐
을지언정 색상은 모두 베이지색이었다. 물론 여기서 중요한
것은 색상이 아니었다. 그 구두들이 쌓여서 뒤엉켜 있는 형
상, 그 수납 상태가 문제였다. 마치 막 육공트럭에서 멋들어
지게 내린 행보관이 풀어서 펼쳐놓은(행보관의 표현을 빌리자면
아직 한참은 쓸 만한) 한 무더기의 B급 전투화가 이제 막 기름
에서 건져 올린 야채 튀김처럼 얽히고설켜 있었다.

'세상에… 사람이 구두를 이렇게 보관할 수 있는 것인가?'

무수한 베이지색 구두들이 서로의 살결을 부대끼며 벽면
신발장을 타고 넘어가려는 듯 보였다. 흡사 〈월드워Z〉의 좀
비 떼들이 구두로 변한 모습 같았다. 실로 충격적이었다.

사람이 신는 구두가, 이렇게 많은 양이 각각 다른 각도로 심지어 거의 비슷한 색상을 하고, 이리도 혼란한 형상으로 쌓여 있는 광경을 본 나는 단어를 고르고 골라 최대로 절제한 표현을 머릿속에서 되뇌었다.

'아… X됐다 진짜….'

여기까지가 내가 앞으로 그녀와 함께 치르게 될 길고 긴 수납 전쟁의 서막에 해당한다. 탕수육을 '찍먹'할지 '부먹'할지 같은 사소한 취향 문제보다 더 깊은, 서로 성장한 가정환경에 따라 때로는 '정의'인지 '불의'인지까지 언급하게 되는 문제들 말이다.

다른 것이 아니라 틀린 것이라고 주장하게 되면 싸움은 길어진다. 저 구두들이 만들어낸 통곡의 벽을 바라보며, 나는 앞으로 우리 앞에 넘어야 할 걸림돌이 많으리라는 걸 직감했다. 내 기준에서 저 구두들은 '틀린 것'이었다.

무난한 관계란 없었다. 누구에게나 참을 수 없는 부분은 존재하는 것이었다.

그녀를
기쁘게 해주는 일

서프라이즈도 한두 번이지

나는 다정한 타입이 아니다. 그럼에도 기념일은 잘 챙겼다. 그런 걸 안 챙길 것 같은 인간이 기념일 때마다 생각지도 못한 축하를 해줬으니 그 효과는 상당했다. 모든 게 부족한 내가 단 하나 자신 있게 말할 수 있는 것은, 매해 그녀의 생일을 잘 챙겨왔다는 사실이다. 하지만 고도의 기획력과 행동력을 요하며 대규모 자금이 투여되는 이 행위를 언제까지 계속할 수 있을지는 모를 일이었다.

결국 연차가 쌓이자 더는 치카코의 생일에 써먹을 아이디어가 떠오르지 않았다. 풍선도 불어봤고 촛불도 켜봤고 나름 기억에 남는 선물도 해봤다. 하지만 해를 거듭하며 기대의 허들이 높아지고 예산이 비대해지자 점차 실행이 어려워졌다. 오래된 커플이라면 누구나 느낄 만한 현실적 고통이었다. 아마 올림픽에 출전하는 여자 양궁 국가대표팀이 느끼는 압박감과 유사했을 것이다.

그렇다고 갑자기 대충할 수도 없는 노릇 아닌가. 불안해도 활시위는 당겨야 했다. 주야장천 이어온 연승 기록에 흠집을 낼 수는 없었다. 결국 그해에도 어김없이 치카코의 생일은 다가왔다. 그나마 다행은 생일이 화이트데이와 겹친다는 사실이었다.

아이디어가 고갈되었을 뿐 아니라, 회사 일로 바빠져서 시간적 여유도 없던 나는 한가지 결단을 내렸다. 이번에는 치카코의 감동을 이끌어내기보다 기대를 박살 내기로 한 것이다. 기대를 떨구면 만족도도 올라갈 거란 생각이었다. 소위 말하는 'ROI'가 뽑힐 것이다. 감동의 가성비가 올라갈 것이다.

그럭저럭 무난한 레스토랑을 예약하고 무난한 시계를 하나 준비했다. 모든 플랜이 무난했기 때문에 이걸 어떻게 전달하는지가 중요했다.

치카코의 생일날이 밝았다. 만나기로 약속만 해놓고 뭘 할지는 정하지 않은 그날 아침, 나는 그녀에게 연락해서 무심한 척 동물원이나 가자고 했다. 생일의 특별함은 없었다. 교양과목 현장 답사 온 표정으로 교수님 따라다니듯 치카코를 따라다니며 동물원을 배회했다. 수달이 귀여웠던 걸로 기억한다. 동물원 입장료라 해봤자 얼마나 하겠나. 매우 가성비 높은 시간이었다.

동물원에서 나와 근처 카페에 들러서 차를 마시며 물었다.

"뭐 갖고 싶은 거 있어? 생일인데 사러 가자."

이 말인즉슨 '나는 오늘 너의 선물을 준비하지 않았다'라는 선언이었다. 치카코는 의외라는 표정. 그녀는 단 한 번도 고가의 선물을 바란 적은 없지만, 어떤 선물을 줄지 고민한 정성에 고마워했다. 그런데 선물을 같이 사러 가자는 발언은 대놓고 치카코의 대원칙을 거스르는 행위였다. 이야기는 흐지부지되었고 그녀가 딱히 갖고 싶은 것도 없는 듯해, 일단 저녁을 먹으러 내가 살던 신주쿠 근처로 이동하기로 했다. 당연히 분위기는 좋지 않았다.

지하철로 이동하는 내내 나는 네이버에서 야구 기사만 계속 읽었다. 치카코는 실망한 듯 아무 말 없이 지하철 창만 바라보고 있었다. 여기까지만 해도 분위기가 삭막했는데, 신주쿠에 도착하고 나서 결국 치명타가 터져버렸다.

성공과 실패의 어느 경계

밥을 먹기 위해 신주쿠 서쪽 출구로 나왔을 때, 나는 치카코에게 "담배 하나 피우고 올게" 하고 자리를 비웠다. 지금은 사라진 신주쿠 서쪽 출구에 있는 흡연장으로 내가 들어가버리자, 치카코는 근처에 혼자 서서 뻘쭘하게 기다려야 했다.

흡연장에서 돌아와 보니 치카코의 눈이 빨갰다. 운 것이다. 우는 걸 보여주기 싫어서 꾹꾹 누르며 참고 있었다. 이정도까지 실망할 줄은 몰랐는데 의외였다. 순식간에 미안함과 초조함이 휘몰아쳤다. 하지만 여기까지 온 이상, 나도 배수의 진을 칠 수밖에 없었다. 이제 와서 작전을 바꿀 순 없었다. 지금 미안하다고 사과하면 진짜 나쁜 놈으로 끝나는 것이다.

나는 말없이 신주쿠 빌딩 숲의 한 스카이라운지 쪽으로 향했다. 당연히 예약 없이는 들어갈 수 없는 가게들이었으나, 한 군데쯤 들어갈 수 있는 가게가 있을 거라고 말하며 그녀를 억지로 끌고 갔다.

"저기서 먹을까?"

"아마 예약 안 해서 못 들어갈 거야."

치카코의 말은 들은 체 만 체하며, 가게로 들어서니 점원이 다가왔다.

"예약하셨나요?"

"예, 19시로 예약했어요."

치카코는 오늘의 플랜이 준비되어 있었다는 사실에 화들짝 놀라는 듯했고, 복잡한 감정을 얼굴에 드러냈다.

1) 이 인간이 이번에는 이딴 걸로 장난질을 쳤다는 걸 깨달은 분노의 얼굴

2) 그럼 '지금까지 한 차가운 행동이 다 의도한 거라고?' 하는 황당한 얼굴

3) 그럼에도 '나름 생일 준비는 해놨던 거네?' 하는 안도의 얼굴

그녀는 흡사 인도 카레 집 벽에 붙어 있을 법한 아수라상

의 얼굴을 평범한 인간의 몸으로 재현했다. 이윽고 잘 꾸며진 생일 플레이트와 케이크가 나왔고, 나는 준비했던 시계를 선물로 건네며 그날의 이벤트를 마무리했다.

위기는 있었으나 전년 대비 47.8퍼센트 절감한 예산으로 그해 행사를 치러냈다. 이런 게 바로 경영이구나 이게 바로 이 시대가 요구하는 투자 대비 효과구나 하며, 올 한 해도 성공적이었다고 자축했다.

치카코가 수년째 자기 친구들에게 이 이야기를 종종 꺼내며 '최악의 남자'라고 내 욕을 한다는 사실을 알기 전까지만 해도.

치카코 생일 중에 치카코가 가장 많이 울었던 날이다.
그녀는 이제 내가 자기를 사랑하지 않는다고 느꼈다고 한다.
나는 그것도 모르고 올해는 싸게 막았다고 생각했다.

원하는 일을
직업으로 삼는다는 것

간호사가 되고 싶던 여자

치카코는 어렸을 때부터 간호사가 되고 싶어 했다. 그래서 간호사가 되기 위해 공부했고, 그 결과 간호사로서 일을 했다. '무언가가 되기 위해 노력해서 그것을 이루는 삶'을 살지 못한 나로서는, 어린 시절의 장래 희망을 직업으로 삼은 그녀가 마냥 신기해 보였다.

아무튼 치카코를 만난 덕에 간호사가 어떤 직업인지 정말 잘 알게 되었다. 일견 간호사라는 직업은 내 연인의 직업으로서 매력적으로 느껴질 수 있다. 내 건강을 잘 관리해줄 것 같고, 아플 때 힘이 될 것 같고, 순백의 유니폼을 입고 나를 항상 따스하게 보살펴줄 것만 같기 때문이다. 다만 당신이 이렇게 생각한다면 그건 당신 주변에 간호사가 없기 때문일 것이다.

우선 이 일이 요구하는 직업의식은 보통 사람이 상상하기 힘든 수준이다. 생사의 갈림길에 있는 현장일수록 그 압박이 엄청났으며, 업무 강도는 살인적이었다. 업무 강도만 그러한가, 죽는 사람을 일상적으로 보는 직업이었다. 정든 환자가 유명을 달리하면 그만큼 힘든 시간도 오래갔다.

반면 엄청난 업무 강도와 일정하지 않은 근무 패턴 때문인지 연봉은 비교적 높았다. 덕분에 연애 초기부터 치카코에게 밥을 얻어먹는 게 수월했다. 일이 힘들건 말건 치카코가 열심히 일해서 번 돈으로 먹는 음식은 한결같이 맛있었다(같은 음식을 먹어도 남의 돈으로 먹으면 더 맛있다). 물론 치카코가 병원에서 짊어지고 온 스트레스를 간접 체험하게 된다는 고단한 부분도 있었지만….

우리가 사귄 지 1년이 채 되지 않던 무렵은 치카코가 유달리 힘들어했던 시기다. 한번은 번화가에서 저녁을 먹고 집으로 돌아가는 길에, 그녀가 느닷없이 눈물이 나온다고 해서 사람 없는 골목을 찾은 적이 있다. 직장을 떠나서까지도 일의 중압감이 사람을 옥쥔 것이다. 시종일관 농담으로 일관하던 나조차 벙쩌서 입을 닫고 그녀의 고통을 묵묵히 마주하는 척을 했다.

사람 목숨이 달린 현장의 긴장감을 참아내는 일을 왜 하는지, 별다른 직업의식 없이 딱히 급여를 받기 위해 일을 했던 나는 이해할 수 없었다. '왜 이렇게까지 힘들게 다니는 걸까?'

그래서 물어봤다. 그렇게 힘들면 그만두면 되지 않겠냐고. 그러자 치카코의 답변은 이러했다.

"그만둘 생각은 한 번도 해본 적 없어."

그도 그럴 것이 간호사는 치카코의 장래 희망이지 않았던가. 이 직업을 선택한 이유가 아픈 사람을 돕는 일에 보람을 느껴서라고 했다. 직업 선택의 기준으로 '보람' 같은 시시콜콜한 인간적 감정을 고려하다니…. 그리고 보니 당시 내 직업 선택의 기준에는 오로지 매출과 연봉처럼 고깃값을 번다는 자본주의적 관점 이외의 것은 존재하지 않았다.

대학 졸업에 호주 어학연수까지 해놓고 아직 더 놀고 싶다는 마음으로 일본에 온 내게, 일을 대하는 이런 올곧은 마음은 굉장한 자극을 줬다. 어떻게 하면 최대한 적은 노력으로 더 많은 돈을 벌 수 있을지 골몰하던 내게는, 벌이의 효율 따위는 안중에도 없는 그녀가 한 인간으로서 존경스러웠다.

그 모습을 보다 보니 나도 그렇게 살고 싶어졌다. 힘들지언정 내가 원하는 일을 선택하고 그 일을 사랑하고 싶어졌다.

치카코는
늘 자신의 일을 자랑스럽게 여겼고,
나는 그런 그녀를 존경했다.

내가 사랑할 수 있는 일

결국 영업직에서 근무한 지 2년이 넘어갈 무렵, 나는 이직을 하기로 결심했다. 내세울 거라고는 일본어와 적극성밖에 없던 나였지만, 아직 좋아하는 일을 선택할 기회가 있으리라 희망을 가졌다. 한번 들어서면 가는 길이 정해져 있는 봅슬레이 트랙 같은 게 인생은 아닐 거라고, 박지성, 김연아 정도가 되어야만 자기가 원하는 일을 하면서 사는 건 아닐 거라고 믿기로 했다. 이 소박한 희망을 사치라고 여겼던 사고방식에 변화가 찾아왔다.

그때부터 게임 회사 홈페이지들을 찾아보기 시작했다. 일 끝나고 집에 가서 하는 거라고는 오직 게임뿐이었는데, 그럴 거면 게임 회사에 들어가는 게 가장 좋을 것 같았다. 그러다가 각사 홈페이지에서 공개 채용 공고를 건졌는데, 그 중에는 내 어린 시절의 꿈과 같았던 회사도 있었다.

맨날 게임한다고 수도 없이 엄마랑 싸우게 만들었던 곳. 부모님이 외출하자마자 곧장 컴퓨터를 켜면 화면에 보이는 회사 로고에 두근거림을 감출 수 없었던 곳. 이곳에 들어가고 싶다고 생각했다. 입사 지원에 돈이 드는 것도 아니지 않나. 떨어지면 조금 아쉬우면 되는 것이다. 치카코에게 처음 말을 걸던 때의 기분과 비슷했다.

하지만 그런 곳에서 아무 경험도 없는 나를 뽑을 리가 없었다. '대단히 대단한' 친구들과 '굉장히 굉장한' 사람들만 일하는 곳이라고 생각했던 IT 업계에 들어가겠다고 마음먹자 뭐라도 해야 한다는 위기감이 생겼고, 그것이 나를 움직였다. 위기에는 늘 강했으니까.

결국 내 인생을 스친 수많은 게임을 엮어 '나의 게임사'라는 이름의 리포트를 한 편, 내 생각에 좋은 게임의 기준을 정리해서 다시 리포트를 한 편, 이렇게 두 편의 리포트를 작성했다. 경험 없는 지원자가 어떻게든 차별점을 만들어내기 위해서는 이렇게라도 해야 했다. 살면서 처음 하고 싶은 일을 직업으로 삼을 수 있길 바라며, 넥슨에 입사 지원을 했다.

길어진 연애의
종착점

연애가 길어져버렸다

언젠가 엄마에게 이런 선언을 한 적이 있다. 내가 결혼한다면 20대 초반의 철없는 아가씨를 꼬드겨서 결혼하게 될 거라고. 나는 그렇게 내 색시를 데려올 거라고 선언 아닌 선언을 했다.

이 말을 한 이유는 내가 결혼을 할 수 있을 거라는 자신이 없었기 때문이다. 풍부한 인생 경험을 쌓아 사리 분별이 되는 여성이 나를 선택할 리가 없다는 자조적 판단이었다. 아무것도 모르는 친구를 만나, 나와 보내는 시간이 가장 재미

있다는 착각 속에 살게 해서 다른 선택지를 원천 차단하겠다는 교활한 계획. 요즘은 이러한 행위를 '가스라이팅'이라고 부르기도 한다. 이런 결심 때문이었는지는 모르지만, 내가 치카코를 처음 만났을 때 그녀는 만으로 22세, 사회 초년생이었다.

그렇게 시간이 흘러 우리가 만난 지 4년이 지나고 있었다. 그사이 연차가 적당히 차서 치카코는 20대 중반이 되었고, 나는 30대를 바라보게 되었다. 나는 연애에는 1년 반이라는 감정의 유통기한이 있다고 믿던 사람이다. 연애 초반 나를 눈멀게 한 콩깍지는 1년 반이 지나면 귀신같이 벗겨져나가 그 이후에는 어떤 형태로든 트러블이 발생한다고 믿고 있었다. 물론 경험을 바탕으로 한 믿음이었다. 하지만 예상과 달리 치카코와의 관계는 눈 떠보니 이미 4년이 흘러 있었다.

그사이 나는 20대 초중반 때보다 더 현실적이 되었고, 연애가 인생의 고민에서 차지하는 비중은 점점 줄어들었다. 시간을 의식하지 않으니 시간이 더욱 빨리 지나간 감도 있었다.

치카코와는 초반에 하도 싸워놓아서 그 뒤로는 트러블이 적었다. 성향이 너무 달라서 매우 많은 부분이 이상해 보였지만, 다름을 인정하고 나니 서로 간에 포기가 늘어서 되려 편한 구석도 있었다(치카코와 나는 MBTI에서도 알파벳 하나가 안 겹친다). 연애를 지속하기에는 매우 무난한 조합이었다.

계속하거나 그만하거나

하지만 관계를 언제까지 이대로 지속할 수는 없었다. 의외로 이 부분에 더 큰 문제의식을 가진 것은 치카코였다. 치카코는 결혼을 바랐던 사람이고, 나는 연애는 원했으나 결혼이 주는 책임을 마주할 용기는 없었다. 사회가 재단해놓은 기준으로 미루어 보아 준비가 된 사람도 아니었다.

그럼에도 시간이 흘러 서로 사회인으로서 안정을 찾아감에 따라 결혼에 대한 생각을 주고받는 일이 늘어났다. 치카코가 나를 떠보기 위해 결혼 이야기를 의도적으로 꺼낸 것이다. 나는 늘 이 대화에 진지하게 임하는 것을 회피했다. 책임감은 둘째치더라도 모아놓은 돈이 별로 없어서 결혼이 가능할 거라는 생각 자체를 배제하고 있었다.

치카코는 내가 결혼할 생각이 없어 보여서 진지하게 마음을 접을까 생각한 적도 있었다고 했다. 미안했다. 멋모르고 엄마에게 선언한 결혼 계획처럼 20대 초반 꽃 같은 나이에 꼬드겨서 나랑 시간 다 보내게 해놓고, 책임질 용기를 가지지 못해서….

한번은 그녀가 나 같은 놈과 결혼할 수 있을 거라고 생각하는 게 신기해서, 이렇게 물은 적이 있다.

"내 어떤 점을 봤기에 나와 결혼하고 싶은 거야?"

이때 답변은 '오랜 시간을 함께 있을 수 있는 사람이라서'였다. 그녀 말대로 꽤 긴 시간을 함께 지냈고 그렇게 시간을 보내는 데 문제가 없다는 것은 증명이 되었다. 나를 결혼 상대로 봐주는 건 고마웠지만, 겨우 그 정도로 결혼 자격이 부여된다는 건 허들이 너무 낮다는 생각도 들었다.

세상은 결혼 자격으로서 결혼 비용 부담이라는 압박과 함께, 한사람만 사랑하겠다는 완전무결한 내재적 결심, 이 두 가지를 모두 요구하고 있었다. 그리고 아무리 생각해도 내가 그 조건에 부합한다고 볼 수는 없었다.

'돈은 둘째 치고 결혼 뒤에 다른 사람이 좋아지지 않을 거라는 보장이 있나?'

어떤 관점에서 고민해도 확신이 들지 않았지만, 그렇다고 그녀를 마냥 기다리게 할 수는 없었다. 연애가 오래되고 나니 이제 이 관계를 정의할 차례가 어느새 내 쪽으로 와 있었다.

어느새, 두 사람의 다음 막이 열리고 있었다.
언제까지나 천진난만할 수 없는 다음 차례가.

왜
나 같은
놈이랑
결혼했을까

우리는 결혼하기로 했다

평생을 배우면서 살아왔다 생각했는데
아무도 결혼을 결심하는 법은 가르쳐주지 않았다
하지만 우리는 결혼을 하기로 선택했다
우리의 선택이 맞다고 믿기로 했다

결혼은
언제 하면 되는가

결혼을 확신하는 방법

"이 여자와 결혼해야 하겠다고 확신한 순간이 언제인가요?"
라는 질문을 종종 받는다. 가능하면 조금 멋있는 답변을 할
수 있으면 좋겠다고 생각했다. 가령 야구선수 이대호가 수
술 후 거동이 불편해졌을 때, 아내가 오줌통까지 갈며 간호
해준 에피소드를 들며 결혼을 결심했다는 이야기처럼. 누가
들어도 그럴듯한 에피소드가 있으면 좋을 것이다.

아쉽게도 치카코가 내 오줌통을 갈아준 적은 없다. 이럴
줄 알았으면 미리미리 오줌통을 한 번 건네볼 걸 그랬다.

치카코는 결혼을 하고 싶어 했다. 나는 그녀의 대화에 '결혼할 생각이 있는가'라는 우회적 질문이 포함되어 있음을 눈치채지 못했으나, 그녀는 나름 내 의중을 떠보기 위한 시도를 계속했다고 한다. 치카코는 결혼을 하고 엄마가 되는 인생을 막연하고도 꾸준히 희망하는 사람이었던 반면, 이제 막 30대가 된 나는 스스로를 한 가정을 지키려면 아직 쑥과 마늘을 더 먹어야 하는 '나이만 퍼먹은 곰돌이 푸' 정도로 여겼다.

고작 잡채 따위에 오빠를 버리고 집에 갔던 20대 초반의 치카코도 20대 중반을 넘어서자 결혼을 바라기 시작했고, 관계 결정권이 슬슬 나에게 넘어오고 있었다. 바야흐로 잡채보다 오빠가 중요해진 시대가 온 것이다. 보수적 가치관을 가진 치카코에게 결혼이란, 남성에게 프러포즈를 받고 그것에 대한 답변을 여성이 내려야 결정되는 것이었다. 그야말로 매뉴얼의 일본, FM 재팬다운 사고방식이었다.

이제 내 차례가 왔음을 뒤늦게 인지한 나는, 방학이 끝나갈 무렵에야 해야 할 숙제가 뭔지 알아보며 허둥대는 아이처럼 스스로를 돌아보았다.

'그렇다고 결혼을 안 할 건 아니지 않은가?'

언젠가 결혼을 하긴 해야 했다. 이제 와서 다른 누군가를 만난다는 것은 상상하기 어려운 일. 결국 나는 그녀와의 결혼을 준비하기로 결심했다. 결혼에 대한 확신이 들어서 이런 결정을 한 것은 아니었다. 솔직하게 말하자면 이제 와서 '헤어질 이유'가 없었다는 게 더 본심에 가까웠다.

나는 결혼하기로 했다

인생 최대의 결심이었다. 오랜 시간 걸려 이 결심에 이르기까지 스스로를 납득시킨 사고의 과정을 가감 없이 기술해보겠다.

우선 '왜 결혼을 해야 하는가?'라는 질문에 대한 원론적 답변은 무엇인가. '더 행복해지기 위해' 하는 것이다. 그렇다면 '결혼을 하면 더 행복해질 수 있는가?' 이 질문에 대한 확답은 어렵다. 그럼 반대로 '결혼하지 않고도 행복할 수 있는가?' 이 또한 마찬가지로 확신할 수 없다. 어떤 형태의 삶이든 인간은 자기 나름의 행복을 취할 방법이 있다.

하면 할 수록 도돌이표가 되어버리는 질문의 굴레에서 내 나름의 결론에 다다르게 된 계기는 역발상이었다. 반대로 결혼을 하지 않을 때 벌어질 일을 확실한 것부터 생각해보기로 한 것이다.

첫째. 나는 늙을 것이다.

기력은 사라지고 경제력도 점차 줄 것이다. 그에 비례해 내 주변 사람도 줄어갈 것이다. 나이가 들면 스스로 건강 관리가 어려우니 병 수발 해줄 사람은 분명히 필요하겠구나 싶었다. 치카코는 늙어도 혼자 잘 살 수 있겠지만 나는 그렇게 못 살 것 같았다. 늙어서도 다이아 단다고 솔로 랭크에 목숨 걸 정도로 게임에 열정적일 수도 없겠구나 싶었다. 치카코가 간호사인 게 더더욱 다행으로 느껴졌다.

둘째. 나는 자식을 가지지 못할 것이다.

내 자손을 남기고 싶다는 본능적 욕구를 해소하지 못할 것이다. '내 새끼 얼굴이 어떨까'라는 궁금증은 영원히 풀리지 않는 미스터리로 남아 평생토록 나를 괴롭힐 것이다. 내 혈액형은 AO일까 AA일까 하는 중학교 과학 시간부터 시작된 의문은 '궁금궁금 열매'를 먹은 듯 계속해서 나를 간지럽힐 것이다. 결혼이라는 제도에 순응하지 않고서는 합법적으로 해결하기 힘든 의문이었다.

셋째. 나는 치카코를 그리워할 것이다.

20대 후반부터 30대 초반까지, 내 인생에서 제일 젊고 좋은 시기를 함께한 이 사람이 없어지면 돌이킬 수 없는 공허에 시달릴 것이다. 한국으로 돌아가야 할 것이다. 치카코와 만든 시간의 흔적이 도처에 널린 이 도시에서 어찌 혼자 산다는 말인가. 물론 이 아이가 아니더라도 또 다른 누군가를 사랑할 수는 있을 것이다. 언제나 그렇듯 사람은 누군가를 사랑하게 된다. 하지만 치카코와 만든 시간만큼 풋풋하지는 않을 것이다. 이제 20대의 연애는 돌아오지 않는다.

첫사랑의 열병을 앓던 어린 시절처럼 이 사람이 없으면 안 될 것 같은 착각은 그 약발이 다했지만, 인생이 계속되는 이상 여전히 같이 있을 사람은 필요했다. 치카코가 더는 나를 그런 착각에 빠뜨리지는 못했지만 같이 있는 시간은 여전히 재미있었다. 어쩌면 여기까지 올 수 있었던 것도 치카코랑 노는 게 재미있어서였다.

결혼에 대한 대쪽 같은 확신은 없었다. 다만 결혼하지 않는 선택에 명백한 불행이 보였다. 그렇게 명백한 불행을 선택할 용기는 내게 없었다.

결국 연애 5년 차가 되었을 때, 나는 치카코에게 프러포
즈하기로 마음먹었다. 길고 길었던 고민을 끝내고 이 여자
와 결혼하겠다는 결심을 한 것이다. 지극히 이기적인 결심
이었다.

프러포즈
대작전

계획에는 늘 실수가 따른다

살다 보면 막연히 '언젠가 나도 저걸 하겠지' 하고 남 일처럼
생각한 것들이 어느새 코앞에 닥칠 때가 있다. 수능 100일
카운트다운에 들어갈 때가 그랬고, 신병교육대에 도착해서
처음 내무반에 들어간 순간이 그랬다. 대부분 막막했고 숨
막히는 기분이 들었다.

　이런 경험들처럼 프러포즈를 준비하는 시간도 막막하긴
마찬가지였다. 이미 결혼하기로 합의된 사이임에도 짜고 치
는 액션영화 카메라 돌기 전 합을 맞추듯, 무릎 꿇고 어색하

게 "윌 유 메리 미?" 하고 물어야 했으니…. "예스!"라는 답이 나올 게 뻔한데도 말이다. 이런 행위를 하는 이유는 딱히 없었다. 치카코 좋으라고 하는 거였다. 해달라는 말을 들은 건 아니지만 좋아할 건 '안 봐도 비디오'였다. 하지만 젊은 날 대부분의 문제는 대체로 돈이 없어서 생긴다. 그때 나는 젊었고 당연히 돈이 없었다.

당시 일본은 '프러포즈용 반지는 다이아몬드'라는 거품경제 시절 풍습이 남아 있었다. 신여성이 되어 당차게 과거 유산을 거부하는 행보도 가능했으나, 스마트폰도 2010년이 한참 넘어서야 바꾼 이 쇄국 정책 아가씨는 내심 '다이아 반지'를 바라는 눈치였다.

그래서 그까짓 다이아 반지 하나 해주기로 했다. 없는 사정에 점심을 편의점 도시락으로 때우며 조금씩 총알을 모았다. 그렇게 그날이 왔다. 프러포즈 한 달 전, 그렇게 모인 총알을 푸는 시점이었다.

신주쿠로 나가서 30만 엔을 현금으로 뽑았다. ATM이 뱉어내는 지폐 뭉치가 평소에 보지 못한 양이었다. 보이스 피싱 인출책이 작업하듯, 행여 누가 볼까 바로 봉투에 돈을 넣은 뒤 가방에 담았다. 그리고 갓 서울역에 내린 시골 쥐처럼 가방을 살포시 끌어안았다.

인터넷에 '다이아 반지 어디서 사나요'라고 검색해서 알아낸 브랜드 중, 내 지갑 사정과 교감하면서도 샀을 때 '짜치다'라는 평을 듣지 않을 것 같은 브랜드를 골라서 매장으로 향했다. '가격이 30만 엔을 넘어가면 어쩌지?'라는 불안감이 얼굴에서 드러나지 않도록, 두 번 정도 다이아 반지를 사본 남자의 얼굴을 내 나름 연기하며 가게 문을 열었다. 그러고는 길쭉한 카운터에 서 있는 여직원 중 노약자에게 자리를 양보할 법한 인상의 여직원을 골라서 말을 걸었다.

"다이아 반지 하나 주세요."

당당히 준비한 대사를 읊었다. 그런데 직원의 표정이 심상치 않았다. 다이아 반지를 참치김밥 한 줄 달라는 듯 말하니 직원도 당황했을 것이다. 그들은 일단 상기되어 있는 나를 자리로 안내했다. 그런 뒤 그 자리에서 직원은 내게 구입 절차를 자세히 설명해줬다. 그렇게 내가 알게 된 것은 다이아 반지는 구입에 두 달이 걸리는 물건이라는 사실이었다.

이것은 내 나름의 최선

나는 일정을 당기고 당겨서 프러포즈를 위한 다이아 반지를 결국 한 달 반 만에 입수했다.

"다음 달에 프러포즈해야 하는데요"라고 울상 짓는 내 모습을 보고 직원이 측은함을 느낀 것 같았다. 나의 울부짖음에 공감했는지, 혹은 내가 프러포즈 못하면 비자가 끊기는 외국인 노동자로 보였는지 최대한 납기를 당겨줬다.

비용은 27만 엔 정도 들었던 것으로 기억한다. 프러포즈 반지는 남자 월급 두 달치로 한다는 천인공노할 풍습이 있어서, 역시 을사조약을 들이밀었던 나라라 불평등의 스케일이 다르구나 싶었다.

다만 최근에는 그렇게까지는 안 한다는 이야기를 듣고 안도의 한숨을 내쉬며 반지 디자인을 확정했다. 그래도 내 인생 최대의 쇼핑이었다. '쪼매난' 반지 하나가 게임기 아홉 대 가격이라니. 세상 모든 가치판단을 게임기 대수로 환산하는 획기적 화폐개혁을 이룬 내 경제관념으로 게임기 아홉 대는 듣도 보도 못한 대수였다. 짜장면으로 계산했다면 몇 그릇인지 견적조차 뽑기 어려운 액수였다.

한 달 반이 흘러, 그 잘난 다이아 반지가 어떻게 생겨 먹었는지 확인하기 위해 다시 매장을 찾았다. 이 돈을 들였는데 다이아 알맹이에 티끌 하나라도 흠집이 있다면, 당장이라도 점장을 시에라리온 공화국행 비행기에 태워서 다이아 채굴을 시킬 작정이었다.

다행히 다이아는 깨끗했다. 솔직히 다이소 큐빅 반지랑 뭐가 다른지 잘 몰랐지만 "예쁘죠?" 하며 해맑게 웃는 직원 앞에서 멋쩍게 웃음을 지을 수밖에 없었다. 서비스로 반지 안쪽에 각인을 해준다며 어떤 문구를 넣을 거냐고 직원이 묻기에, 나는 반지의 가격을 각인해달라고 했다. 농담처럼 들렸겠지만 나는 진지했다.

순간 직원은 그건 안 된다며 극구 반대했다. 그런 각인은 해본 적도 없고 할 수도 없다며. 결국 그녀에게 설득당해 여느 커플이 적을 법한 간질간질한 문구가 반지에 각인되는 모습을 떨떠름하게 지켜보았다. 이렇게 소비자의 정당한 권리조차 주장하지 못한 채, 불평등조약의 상징과도 같은 물건을 받아 들고 가게를 나섰다.

이제 프러포즈를 할 차례였다. 이 물건을 주고 어떻게 하면 투자 대비 최대 효과를 이끌어낼 것인지 궁극의 비즈니스 모델을 구상해야 하는 단계였다.

감동에는 원리가 있다

어릴 적 어디선가 들은 이야기인데, 개그의 원리에는 세 가지가 있다고 한다.

첫째. 반복

둘째. 공감

셋째. 의외성

사람들은 일반적으로 이 세 요소 중 하나가 기능했을 때 웃음을 터뜨린다고 한다. 주워들은 소리였지만 매우 공감이 갔다. 여기서 더 나아가, 나는 사실 웃음과 감동은 맞닿아 있을 거라고 생각했다. 감동의 원리도 사실 이 세 요소가 작동해서 일어나는 감정이라는 점에서 별반 다르지 않다.

프러포즈를 위해 내가 확보한 자원은 두 가지, 프러포즈 반지와 레스토랑이었다. 식사 중 적절한 타이밍에 프러포즈를 할 수 있도록 서비스를 제공하는 도쿄타워 근처 레스토랑을 물색했다. 현실적인 예산으로 거사를 치르되, 체면은 챙기고 싶어 하는 결혼 적령기 남성 수요를 노린 영악한 레스토랑이 다행스럽게 존재한 것이다.

다만 문제가 있었다. 이 계획이 너무 뻔하다는 것이었다. 결혼까지 하기로 한 사이에, 생일도 아닌데 깔끔하게 차려입고 분위기 좋은 레스토랑에 가자고 하는 건 대놓고 오늘 프러포즈를 하겠다는 선언과도 같았다.

무릇 병법에서는 이겨놓고 싸우는 게 최선이라 하지 않았는가. 지고 들어가는 싸움에 뛰어들 순 없었다. 다른 건 몰라도 오늘만큼은 프러포즈 받을 일이 없을 거라는 확신을 주고 싶었다. 선전포고도 없이 진주만 타격하듯, 기습적으로 눈앞에 다이아 반지를 투하하고 싶었다. 그러지 못한다면 이 계획은 그저그런 '예상 가능한 이벤트'에 그칠 것이었다.

일이 이렇게 되는 것은 피해야 했다. 그런 방식으로 줄 바에는 그냥 "예뻐서 샀다" 하고 내 새끼손가락에 다이아 반지를 끼는 게 나았다. 가용자원을 늘릴 수 없을 땐, 이미 가진 자원을 효과적으로 사용해야 한다. 지금 내게 필요한 것은 다름 아닌 '의외성'이었다.

결국 나는 당시 호주에서 유학 중이던 동생을 일본으로 부르기로 했다. 이 일을 도우라고 우리 엄마가 애를 낳아준 것 같았다. 일본 와서 여행도 좀 하고 프러포즈 현장도 촬영하고, 그러면서도 교란용 허수아비가 되어달라고 동생에게 요청했다.

그렇게 여행 온 동생과 함께 괜찮은 곳에서 밥을 먹자는 구실로 치카코를 불러냈다. 설마 친동생이 놀러 와서 밥 먹는데, 느닷없이 프러포즈할 거라고 생각하는 여자는 없을 거였다. 완벽한 의외성이었다.

이 작전은 보란 듯이 성공했다. 치카코의 대답은 예상했던 대로 '예스'였다.

이제 10년 가까이 되어버린 2016년의 젊은 시절, 없는 통장 잔고에 300만 원도 더 들여서 치카코에게 청혼했다. 금액을 강조하는 이 글귀가 누군가에게는 속물로 보일지 모르겠지만, 저 금액의 뜻은 내게 명확했다. 그 당시 나에게 300만 원의 꽃말은 '변하지 않는 사랑'이었다.

내 인생 가장 로맨틱했던 한마디.

"치카코, 300만 원만큼 사랑해!"

"치카코, 300만 원만큼 사랑해!"

일본인 장인에게
허락받기

***

장인, 장모를 만나다

치카코는 나를 외국인으로 생각하지 않았다. 종종 내가 외
국인이라는 사실을 잊기도 했다. 결혼을 약속한 사이, 서로
의 국적을 의식할 일은 많지 않았다. 하지만 가족은 이야기
가 달랐다.

우리끼리 약속하고 우리끼리 결정했던 이야기를 가족의
이야기로 확장해야 하는 단계가 찾아오자, 슬슬 내가 외국
인이라는 사실이 의식되기 시작했다. 한국에서도 결혼 승낙
을 위해 상대방 부모님을 찾아가본 적은 없지 않은가. 오랜

시간을 교제했으나 치카코의 부모님을 만나는 것은 처음이었다. 언젠가 한번은 넘어야 하는 산이었다. 나는 치카코를 안심시켰다. '오빠야'가 다 알아서 한다고 말했지만, 사실 제발 좋은 분들이길 목메어 기도하고 있었다.

치카코의 부모님을 만나기로 한 날은 토요일 점심이었다. 날씨는 맑았다. 게임 회사로 이직을 해서 평소 양복 입을 일이 없었지만, 오랜만에 과거에 입던 양복도 챙겨 입었다.

그녀는 여태껏 치버지에게 자신의 연애 사정을 단 한 번도 말한 적이 없었는데, 느닷없이 결혼할 사람이 있다고 선언하자 집안이 뒤집어졌다. 치카코에게 남자 친구가 있다는 사실을 알면서도 몇 년간 비밀로 했던 치머니는 조용히 치버지의 반응만 살피셨다고 한다. 게다가 딸이 결혼하겠다는 사람이 외국인이었으니 얼마나 당황하셨을까.

하지만 나는 예전부터 어른들한테 잘 먹히는 타입이었다. 긴장은 되었어도 상대가 어르신이라면 그게 어느 나라 사람이든 자신 있었다.

처음 만난 치카코의 부모님은 생각보다 낯을 가리셨다. 한없이 긴장했지만 긴장하지 않는 척하는 나를 보는 두 분의 표정은 밝지만은 않았다. 하나밖에 없는 딸내미 데려간다는 놈이 처음 나타났는데 경계심이 생기는 게 당연했다. 내가 못 믿을 놈이 아니라는 확신을 심어드려야 한다는 미션이 게임 퀘스트마냥 눈앞에 떠 있는 듯했다. 이 퀘스트를 클리어해야만 보상으로서 결혼 승낙을 얻을 수 있었다.

식당은 이탈리안 레스토랑이었다. 치카코는 아무 말없이 내 옆을 지키고 있었다. 아이스 브레이킹의 힌트라도 던져 줘야 내가 어떻게든 풀 텐데, 그녀는 바둑 대국의 심판처럼 남일 보듯 묵묵히 관전할 뿐이었다.

따님을 제게 주십시오

식당에 자리 잡은 뒤, 간단한 인사가 끝나자 나는 조속히 본론으로 들어갔다. 당연히 나도 살면서 처음 겪는 상황이라 참고할 레퍼런스가 드라마밖에 없었다. 드라마에서 많이 보지 않았는가. 그래서 본 그대로 했다. 문제는 내가 참고한 드라마가 한국 드라마였다는 것이다.

"따님과 결혼하고 싶습니다. 결혼식은 내년 연말쯤으로

생각하고 있고 그전에 1년 정도 함께 살길 희망합니다."

사전 지지율 조사에서 압승을 거둔 지역구 후보의 확신에 찬 거리유세처럼 그 누구도 부정할 수 없는 완벽한 스피치였다. 이 정도 설득력이면 제갈공명도 한 큐에 촉나라에 합류했으리라는 희망적 느낌! 긴장의 와중에도 우리의 계획을 당당히 피력했으니 '당선 유력' 마크가 눈에 보이는 듯했다. 하지만 치버지의 대답은 단호했다.

"그건 좀 더 지켜봐야 하겠죠."

나는 교과서에 적힌 대로 이야기했는데, 답변은 생각지도 못한 것이었다. 계획과는 다른 전개에 말문이 막히고 말았다.

뒤늦게 안 사실이지만 내 발언은 일본에서는 결례가 될 수 있는 말이었다고 한다. 한국에서는 사위가 믿을 만한 사람인지가 중요하지만 일본에서는 사람 간의 관계 형성을 중요시하므로, 웬 놈이 갑자기 나타나서 "제게 완벽한 계획이 있습니다"라고 선전포고하는 것은 예의에 어긋나는 일이었다. 나는 장인 될 분을 보자마자 당신 딸을 데려가서 내 계획대로 살겠다고 으름장을 놓아버린 것이다. 그러니 당연히 내가 어떤 사람인지 파악도 되지 않은 상태에서 "그러려무나! 근데 자네, 바둑은 좀 둘 줄 아나?"라고 반응할 리가 없었다.

분위기를 봐가면서 대응해야 했는데, 이제 한 발 한 발 보폭을 맞춰가며 나를 알아보려는 치버지의 앞에서 부스터 켜고 '풀악셀'을 밟아버린 것이다.

그날 시켰던 파스타의 맛은 기억 나지 않는다. 아마 휘발유의 향이 났던 것 같다.

누군가가 평생을 바친 딸을 나는 뺏으려 하고 있었다.
아마 나도 먼 훗날 똑같이 말할 것이다.
"그건 좀 더 지켜봐야 하겠죠."

수납 전쟁의
대서막

동거가 시작되었다

"오늘부터 당신을 우리 집 사위로 인정합니다"라는 인증은 없었지만, 우리는 다음 수순으로 자연스레 동거를 준비했다. 함께 1년간 살며 결혼식을 준비하기 위해, 집을 구해서 이사했다. 치버지가 이삿짐 옮기는 것을 도와주셨다는 사실만으로도 간접적 결혼 승낙이었다. 치카코네는 애초에 치카코가 정한 것을 반대하는 집이 아니었다.

그리하여 나는 일본에 온 지 약 6년 만에 누군가와 함께 살게 되었다. 꽤 오랜 시간 만나왔지만 이사 첫날에는 같은

집에 우리가 함께 있다는 사실이 조금 설레었다. 하지만 설
렘의 유통기한은 늘 짧은 법이다.

방 하나, 거실 하나에 주방 하나가 딸린 15평짜리 집. 일
본 집은 정말이지 작다. 월세가 140만 원이나 했음에도 말
이다. 나는 일본의 주거 형태에 치를 떨며 두 사람의 넘쳐나
는 물건을 정리하기 위해 발버둥 치고 있었다. 치카코의 본
가에서 봤던 구두로 만든 '통곡의 벽', 이제 그 통곡의 벽이
내 집에 들어설 차례가 온 것이다. 연애할 때는 못 본 척 묻
어둔 걸림돌을 몸소 겪어야 하는 시간, 바야흐로 '수납 전
쟁'의 막이 올랐다.

내게 수납이란 여러 종류의 물건을 적합하게 분류해서 정
리 및 보관해, 다시 꺼내 쓰기 쉽도록 만드는 작업이었다. 반
면 내 관점에서 치카코의 수납은, 수납이라기보다 은폐와
엄폐에 가까웠다. 이것은 국지도발 상황에서 자신의 신변을
안전하게 보호하기 위한 행위이지 집 안의 물건을 정리하는
일이라고 보기는 어려웠다.

그녀가 수납한 물건은 세상의 풍파로부터 안전하게 보호
받으며 신변을 보장받되, 영원히 그 공간에서 나오지 못한
채 봉인되었다. 그러다가 가끔 생뚱맞은 시점에 '까꿍' 하며

튀어나와 안부를 전하고는 했는데, 그럴 때마다 그녀는 말했다.

"아, 이게 여기 있었구나."

그 물건들은 늘 그것이 필요 없는 상황에서만 튀어나와 얼굴을 비추고 다시 은폐, 엄폐되었다. 그러고는 타임캡슐에 보관된 추억처럼 기억의 저편으로 사라졌다. 고작 15평짜리 집구석에서 보물찾기를 이렇게나 다채롭게 할 수 있다니. 집안 곳곳의 수납장들은 마치 '4차원 주머니'처럼 상상치도 못한 물건을 수시로 내뱉고는 했다. 역시 '도라에몽'의 나라다웠다.

연필깎이 논쟁

물건을 줄여야 했다. 애초에 나는 물건을 잘 버렸다. 한편 치카코의 고향집에는 그녀가 세 살 때 도화지로 만든 토끼 모형이 먼지가 수북이 쌓여 본래 색상을 잃어버린 채 '빗살무늬 토끼'가 되어 찬장 위에 방치되어 있었다. 치카코는 그

집안 사람이었다.

그러나 이 좁은 집에는 은폐, 엄폐의 공간이 더는 존재하지 않았고, 나는 인간답게 살 최소한의 길을 마련하기 위해 물건을 줄이기로 했다. 그 결과 우리는 한일 정상 회담하듯 밀실 협약을 이어갔고, 그러다가 한 가지 물건을 두고 협상에 난항을 겪었다.

그것은 치카코가 대학 때까지 쓰던 연필깎이였다. 단언컨대 이 연필깎이는 앞으로 이 집에서 아무 기능을 하지 않을 물건이었다(그녀는 이제 연필을 쓰지 않는다).

다른 건 다 참아도 이 연필깎이는 버려야 했다. 다른 물건은 그녀가 원하는 대로 놔둔다고 해도, 이 연필깎이를 버리는 일은 내 심리적 마지노선이었다. 이곳이 무너지면 부산, 부산이 무너지면 남한이 함락되는 최후의 낙동강 방어선이었다.

이 연필깎이는 디자인 자체도 존재감이 상당했다. 산업혁명 시기 런던을 활보하던 증기기관차 형태를 띤 이 고대 유물은, 집안 어디에 놓더라도 그곳의 주인공을 자신으로 바꿔버리는 오달수 같은 존재감을 가진 '신스틸러'였다.

치카코는 소중한 물건을 버릴 수 없다고 말했다. "간호사가 되기 위해, 한 바퀴 한 바퀴 정성스레 돌린 인고의 시간을 상징하는 물건"이라는 것이었다. 그러나 내게는 '짱박혀 있던 최신 가요 카세트테이프 같은 물건'처럼 보였다. 없어져도 향후 70년간 모를 물건이라는 뜻이다.

이 논쟁은 이틀간 이어졌다. 그래서 어떻게 되었냐고? 결국 문제의 연필깎이는 쓰레기통에 들어갔다. 그녀가 나의 심리적 최후 방어선을 인정한 것이다.

이렇게 들으면 치카코가 너무 불쌍하다고 느낄 사람도 있을 것이다. 하지만 걱정하지 마시라. 이 문제는 여전히 사라지지 않고 있는 이 사회의 이념 갈등처럼, 두 번 다시 사용할 일 없는 동방신기 콘서트 야광봉을 버릴지 말지로 이어지며 현재 진행 중이니까.

여전히 우리 집에는 물건이 너무 많다.

함께

식사하는 사이

———————————

치카코의 요리

나는 알고 있었다. 치카코가 요리를 잘하지 못한다는 사실을. 누군가는 배우자에게 높은 요리 실력을 바랄 수도 있으나, 나는 배우자의 조건에 요리를 포함시킨 적이 없다. 집 나서면 먹을 게 널린 현대 사회에서 요리는 배우자의 필요 덕목 중 한참 후 순위라고 생각했다.

그렇다고 해도 언제까지나 외식만 할 수는 없지 않은가. 식구라는 것은 함께 식사하는 사이라는 뜻이고, 이제 우리 둘 중 하나는 요리를 할 수 있어야만 먹고살 수 있는 상황이었다. 그런데 우리는 둘 다 요리를 잘하지 못했다. 굳이 말하자면 내 쪽은 아예 요리가 불가능했다. 당시만 해도 나는 볶음밥과 라면 말고는 만들어본 적이 없는 사람이었다. 결국 또 기댈 곳은 치카코였다.

요리를 잘하지 못하는 건 알았지만, 나는 치카코에게 막연한 기대를 가졌다. 몇 가지 요리 정도는 맛있게 해낼 수 있는 기본기가 있을 거라는 기대. '여자 사람'이라면 응당 그럴 것이라는 고정관념이 있었다.

이처럼 요리에 대한 불확실성을 안고 시작한 동거 첫날, 우리가 처음 한 고민은 "오늘 저녁 뭐 먹지?"였다.

그날 저녁, 치카코가 나서서 저녁을 만들겠다고 했다. 역시나 나의 사람 보는 눈은 틀리지 않았다. 아무리 요리에 자신이 없다고 해도 당당히 오늘 저녁을 책임지겠다고 하는 모습을 보라! '역시 치카코, 당신이야말로 내 인생의 백마 탄 공주님이야.' 그녀는 장봐온 재료들로 '니쿠쟈가'라는 요리를 만들어줬다. 얇게 썬 돼지고기와 감자를 간장에 조린 일본식 가정 요리였다.

맛을 기대하지 않았는데, 치카코가 만든 니쿠쟈가는 생각보다 너무 맛있었다. 한국에 잘 없으면서도 물리지 않는 그

맛. 돼지고기와 감자가 간장에 짭조름하게 조려지니 이것이야말로 완벽한 밥도둑이었다. 순수하게 맛있어서 밥 두 그릇을 비웠다. 기대하지 않은 영역에서 치카코의 솜씨가 빛을 발하니 그녀에 대한 신뢰가 더욱 단단해지는 것 같았다.

3일째 같은 요리

그렇게 하루가 지났다. 우리는 여전히 바빴다. 두 사람의 짐을 모두 들고 이사왔으니, 짐 정리를 다하려면 시간이 걸릴 터였다. 이삿짐 정리에 하루 종일 분주해서 이날 저녁으로는 어제 먹다가 남은 니쿠쟈가를 먹었다. 잘 상하지도 않는 음식이라 남은 요리를 데우기만 해도 여전히 맛있었다. 우리는 같은 공간에서 함께 살아도 끼니를 때우는 데 문제가 없는 한 쌍처럼 보였다. 문제는 다음 날이었다.

치카코가 다시 니쿠쟈가를 만들었다. 어제도 먹었고 그제도 먹었는데 같은 메뉴를 다시 만든 것이다. 이 메뉴로 식사하길 3일째였다. 이 요리는 혹시 일본인에게 김치 같은 것일까? 새집에 와서 네 번 밥을 먹었는데 세 번이 니쿠쟈가였으니 75퍼센트의 확률이었다. 이쯤 되면, 혹시 이번 주가 내가 모르는 일본 명절 기간인 걸까. 3일 내내 명절 음식 뒤처리하듯 니쿠쟈가만 메뉴로 나와서 그동안 숨겨왔던 종교적 이유가 있나 싶기까지 했다.

나는 용기를 내 치카코에게 물었다.

"치카코, 왜 계속 니쿠쟈가만 만드는 거야?"

그러자 치카코는 특유의 해맑은 미소를 지으며 내게 말했다.

"내가 제일 잘하는 요리가 니쿠쟈가야!"

다음 날 아침, 출근을 준비하는 내게 치카코가 물었다.

"돼지고기랑 감자가 남았는데 오늘 저녁 뭐 만들어줄까?"

치카코가 그렇게 우리의 동거 4일째 저녁 메뉴를 물어왔다.

파블로프의 개처럼 조건 반사가 튀어나오는 걸 억누르고, 나는 좌뇌와 우뇌를 한계치까지 풀가동시켜 극한의 순발력을 발휘하며 답변했다.

"니쿠… 카, 카레!"

3일째 같은 요리가 나왔다.
이 아이와 함께 3년을 살자
나는 요리를 잘하는 사람이 되어 있었다.

결혼식을
올리다

결혼식은 왜 이리도 비싼가

1년간 동거를 하며 결혼식을 준비했다. 주말에는 식장을 알아보느라 늘 외출했다. 결혼이든 장례든 의식을 중요하게 여기는 일본답게 견적을 받아볼 때마다 그 금액에 입이 떡 벌어졌다. 이걸 감당할 수 있을까 하는 걱정이 자연스레 따라왔다.

그러던 중 2017년 12월 2일로 결혼식 날짜가 잡혔다. 도무지 두 번 할 엄두가 나지 않아 결혼식은 일본에서만 치르기로 했다. 혈혈단신 32만 엔 들고 이 나라에 건너온 내가 결국 여기서 결혼식까지 치르게 된 것이다. 하지만 이쯤 되면 누구나 예상할 것이다. 돈 때문에 다시 한번 고민할 때가 되었음을.

바야흐로 이효리의 '스몰웨딩'이 유행을 타며 허례허식을 지양하는 사회 분위기가 되었지만, 나는 치카코가 디즈니 공주님처럼 결혼식을 올리고 싶어 한다는 걸 잘 알고 있었다. 디즈니 공주님들은 다들 왜 매번 궁전 같은 곳에서만 결혼을 하셔서 후세의 허리를 휘게 만드는지 모르겠다고 생각했으나, 이 꿈은 그녀가 어릴 때부터 간직했던 것이라 산통을 깨고 싶진 않았다.

다만 디즈니랜드에서 결혼식을 올리는 것은 참을 수 없었다. 그동안 키워주신 부모님께 새로운 인생의 시작을 고하는 뭉클한 순간에, 미키의 인형 탈이 깐죽대는 것은 참을 수가 없어서 그것만큼은 한사코 사양했다.

결혼식을 올리기로 결정하고도 일본이 순수 예식에만 평균 350만 엔이 드는 나라라는 걸 그때는 미처 알지 못했다. 사우디 공주님에게 장가 가는 것도 아닌데 결혼식 견적서에는 과장을 보태서, 정부 부처 예산처럼 보이는 천문학적 금액이 적혀 있었다. 슬슬 공포심이 차오른 나는 조속히 치카코에게 이실직고했다.

"미안, 내가 돈이 별로 없어."

이 말에 치카코는 그럴 줄 알았다는 듯, 댈 수 있는 금액만 대고 훗날 벌어서 갚으라고 했다. 이 여자를 믿고 가는 인생이 너무 듬직하다는 생각이 절로 들며 그녀의 어깨에 머리를 살포시 기대려는 순간, 우리는 이미 드라마에나 나올 법한 호화로운 식장의 계약서에 사인하고 있었다. 나도 예상하지 못했다. 외국까지 건너와서 이렇게 성대하게 식을 올릴 줄은.

시작된 결혼 준비

식을 안 올리는 사람이 점점 늘어가는 세태였음에도 우리의 결혼식은 거의 풀옵션이었다. 한국과 일본에서 하객이 모이는 흔치 않은 결혼식이라 어느 순간부터 금전 감각이 이상해지기 시작했다. 몇만 엔 단위는 돈으로 보이지 않는 기이한 현상이 반복되면서 통장 잔고가 탈탈 털리기 시작했다.

앞으로 열심히 사는 선택지 말고는 없는 임전무퇴의 배수의 진을 치며 결혼생활이 시작된 것이다.

그렇다고 계약서에 사인까지 한 마당에 이제 와서 어떻게 할 수도 없었다. 한 번 하는 결혼식이니 후회 없는 예식으로 만들어야 했다. 결혼식의 행사 구성 및 기획, 사용되는 각종 소품 제작 등은 손재주 좋은 내가 하고, 치카코는 비용을 주로 담당하기로 했다. 이렇게 전통적 성역할이 바뀐 채 결혼식 준비에 돌입했다.

내가 담당한 일 중, 결혼식 오프닝 무비만큼은 정말 부끄럽지 않게 만들고 싶었다. 치카코와 결혼하게 된다면 반드시 실현하고 싶은 영상 기획이 있었기 때문이다. 이래 봬도 훗날 유튜브 채널까지 파게 될 부부 아니던가.

결혼식이 시작되고 어두운 식장에 영상이 흘러나온다. 영상 시작과 함께 조선 수군의 불화살이 날아와 왜나라 장수의 가슴에 꽂힌다. 이에 맞서 일제히 왜나라의 조총 사격이 시작되고 한산도 앞바다가 피로 물드는 와중, 이순신이 이끄는 판옥선이 와키자카의 배와 충돌하는 장면에서 영상이 일시 정지되며 나레이션이 흐른다.

"피와 눈물로 얼룩진 대립의 역사"

필름 돌아가는 소리와 함께 한국 근현대사의 주요 시점이 플래시백 되고, 삼일운동과 광복의 순간, 6.25 전쟁과 산업화, 수출을 위해 부두에 늘어선 토요타자동차와 현대자동차가 파노라마로 비춰진다. 이어서 한일 월드컵 공동 개최의 순간을 보여주고 또다시 나레이션.

"이 분쟁의 땅에, 한반도의 아들과 열도의 딸이 평화의 씨를 품고 태어났다."

치카코는 격노했다. 늘 웃음을 잃지 않던 웨딩 플레너가 할 말을 잃었다. 친한 친구들마저 '대체 어디까지 미친 거냐'라며 뜯어말리기에, 이 영상 기획은 파쇄기에 가리가리 찢겨나갔다. 결국 우리의 결혼식은 식장에서 흔히 틀 법한 말랑말랑한 영상으로 시작되었고, 역사에 남을 나의 오프닝 무비는 실현되지 못했다. 예나 지금이나 '쩐주'의 의견이 중요했다. 한국이나 일본이나 자본주의의 나라 아니던가.

그렇게 우리는 결혼했다. 예쁘고 평범하게.

그렇게 그녀는 꿈을 이뤘다.
미키의 인형 탈은 옆에 없었지만.

신혼여행
대참사

여행을 기다리는 일은 늘 즐겁다

다사다난했던 결혼식을 올리고 나니 어느새 2017년 연말이
되었다. 연말에는 업무가 바빠 신혼여행을 바로 떠나지 못
했고, 해가 바뀌고 나서야 떠날 수 있었다. 우리의 신혼여행
지는 치카코가 평생 꿈꿔온 하와이였다. 다른 선택지는 없
었다. 나도 딱히 가고 싶은 곳이 없었던 터라 치카코가 원하
는 곳으로 갔다.

얼마나 기다렸던 신혼여행인가. 이날을 위해 우리는 고
가의 카메라도 구입했다. 이 역사적 시간을 최대한 아름다

운 모습으로 남기기 위해서였다. 결국 이 카메라 구입이 훗날 유튜브를 시작하는 계기가 되리라는 것을 이때는 알지 못했다.

두근거림을 안고 하와이행 비행기에 올랐다. 오랜만의 장거리 비행. 자칫하면 지루해서 몸서리를 칠 수 있는 8시간의 비행이었다. 비행기에서 지루할까 봐, 사놓고 잘 켜지도 못한 닌텐도 스위치라는 게임기와 게임 타이틀을 하나 챙겼다. 배터리가 걱정이었으나 이 정도면 훌륭한 킬링타임용이 될 수 있을 거라고 생각했다. 여러모로 완벽한 신혼여행 준비였다.

결혼식 전까지 과도한 업무에 시달린 치카코는 고맙게도 비행 내내 잠을 잤고, 덕분에 나는 그사이 진득이 게임을 즐겼다. 비행기에서 내리면 하와이, 내리기 전에는 맘 편히 게임 플레이라니 깐풍기와 탕수육을 함께 먹는 기분이었다. 그때는 이게 비극의 시작이 될 줄은 상상조차 못했다.

비극은 항상 예상치 못한 곳에서

나는 게임을 좋아한다. 평생을 그래왔고 결국 게임 만드는 회사에 취직까지 했다. 다행히 치카코는 내가 게임을 좋아한다는 걸 나쁘게 생각하지 않았다. 그래서 그동안 게임으로 인한 트러블은 없었다. 치카코보다 게임을 우선하진 않았기 때문이다. 이때까지만 해도 그랬다. 하지만 문제의 게임이 하필이면 이때 등장할 줄이야. '호사다마'라는 말이 괜히 있는 게 아니었다.

다들 재미있다고 난리인데 사놓고 왠지 손이 잘 안 가는 게임이 있다. 이 게임이 그랬다. 사놓고 튜토리얼만 클리어하고는 방치했었는데, 다들 명작이라 하니 안 할 수는 없다. 어차피 신혼여행이라는 게 인생 최대의 휴식 기회 아니던가. 장시간 비행기를 타는 이때가 아니면 언제 게임을 하겠는가.

이 게임의 이름은 바로 〈젤다의 전설〉 '야생의 숨결' 편. 그해, 올해의 게임상을 싹쓸이한 최고의 명작이며 서른 넘은 직장인조차 어린 시절의 모험심 가득한 꼬마로 만들어버리는, 두고두고 내 인생 게임으로 불리게 될 닌텐도의 역작이었다. 하필이면 그런 게임을 신혼여행 가는 비행기에서 만나게 된 것이다. 인연은 언제나 얄궂다.

하와이에 도착해 비행기에서 내릴 무렵, 나는 이미 충격에 빠져 있었다. 비행기에서 처음 한 이 게임은 30년 게임인생을 뒤흔드는 명작이었다. 봉준호의 영화에 매료되었던 영화광이 〈기생충〉을 보고 또다시 충격을 받듯, 평생 게임을 하며 살아온 겜돌이에게도 이 게임은 단언컨대 아카데미 작품상감이었다. 문제는 영화와 달리 게임은 상영시간이 오지게 길다는 것이었다. 비행기에서 몇 시간 해서 끝낼 수 있는 물건이 아니었다.

그때 나는 하와이에 도착하자마자 집으로 돌아가는 비행기만을 기다렸다. 이 게임을 다시 켤 수 있는 기회는 돌아가는 비행기밖에 없을 것 같았다.

하필이면 왜 그 타이밍에 여기 손을 댔을까. 비행기에서 내리자 눈에 들어온 하와이의 풍광이 게임 속 하이랄 평원으로 보이기 시작했다. 그렇지만 집에서도 할 수 있는 게임을 돈 들여 하와이까지 와서, 그것도 신혼여행지에서 꺼내면 치카코가 어떤 욕지거리로 내게 사랑을 속삭일지는 불보듯 뻔했던 터라, 게임기를 일단 짐 가방 속에 봉인하기로 했다.

다행히 일주일의 신혼여행 중 드문드문 치카코가 낮잠 자는 시간이 있었다. 그러면 나는 잠을 청하는 치카코에게 큰절을 올리고, 호텔 테라스에 나가 와이키키 해변의 야자수 사이로 선선하게 부는 바람을 맞으며 이 게임을 즐겼다. 두말할 것 없는 인생 최고의 순간이었다.

아… 이래서 다들 신혼여행 가려고 안달이구나. 진짜 겁나 행복하구나. 여기 와서 하는 게임이 이렇게 재미있구나. 다들 하와이, 하와이 하는 게 이래서구나…. 여기까지만 했다면 그래도 신혼여행은 무난히 끝났을 것이다. 문제는 결국 뒤에 터지고 말았다.

신혼여행 5일 차 밤, 하루하루 게임기를 꺼내고 싶은 욕망을 꾹꾹 눌러온 내가 그 욕망을 완전히 봉인하는 데 실패했다는 걸 깨닫는 순간이 찾아왔다. 불현듯 방구석에 쌓인 빨랫감이 눈에 들어왔고 번뜩하고 머리 위에서 전구가 켜졌다. 사실 굳이 지금 빨래를 할 필요는 없었지만 나는 치카코에게 선심 쓰듯 제안했다.

"잠시 나에게 시간을 줄래? 하와이를 즐기는 너에게 뽀송

뽀송, 보들보들 촉감의 면직물들로 포근한 휴식을 제공하고 싶어. 응, 빨래하고 온다는 말이야."

치카코는 굳이 그럴 필요 없다고 했지만, 나는 들은 체 만 체하며 호텔 빨래방으로 떠났다. 이불 빨래를 한 것도 아니었는데 2시간 반 동안 그곳에 있었다. 세탁기가 멈추고 정적이 찾아왔음에도 게임기 배터리가 다 소모될 때까지 빨래방을 떠나지 못했다.

자정이 되어서야 호텔 방문을 열고 들어와 자고 있을 치카코 옆에 조용히 누웠다. 그때 불길한 소리가 들렸다. 사람이 훌쩍이는 소리였다. 치카코가 우는 것이었다.

여기까지 와서 함께 시간을 보내지 않고 게임을 하러 떠난 남편을 야속해하고 있었다. 물론 그 어떤 반론도 할 수 없었다. 남은 기간, 나는 그녀를 받드는 내시처럼 그녀의 말투, 행동 하나하나 눈치를 보며 극진히 모셨다. 혹시나 신혼여행 와서 이혼당하는 불상사를 겪을까 긴장하면서.

남자 인생의
갈림길

미래에 대한 고민이 깊어지다

중국에는 '남자 인생은 결혼 이후부터'라는 말이 있다고 한
다. 지인에게 들은 말인데 가끔 그 말이 마음에 맴돌 때가
있다. 그게 맞는 말이든 아니든 이제 그 말이 어떤 뜻인지
조금 이해가 되기 때문이다.

　나도 모르는 사이, 결혼 전보다 일에 대한 책임감이 커져
있었다. 내가 다른 사람보다 느렸던 것일 수도 있다. 사람마
다 시기에 차이가 있는 법이니까. 다만 결혼하고 인생의 방
향이 잡히며 그전보다 일에 속도가 붙기 시작했다. 치카코

는 내가 새로운 업계에서 자리 잡을 수 있도록 많이 응원해 줬고, 나도 그런 기대에 보답하고 싶었다.

어찌 보면 사람 목숨을 다루는 '세상 가장 진중한 일'을 하는 치카코와 '세상의 모든 재미를 연구'하는 나의 일은, 애초에 극과 극이었다. 어떤 날은 야간 근무를 끝내고 돌아오는 그녀와 막 출근하는 내가 아파트 복도에서 마주쳐서 하이파이브로 업무교대식을 치른 적도 있다. 이처럼 하는 일의 차이만큼이나 근무 패턴도 상극이었다.

그때 치카코는 이미 7년 차 간호사였다. 이미 사회생활에서 상당한 선배가 된 치카코를 따라잡겠다는 생각으로 내 일에 전문성을 붙여나갔지만, 그럼에도 치카코의 수입을 넘어서긴 쉽지 않았다. 늦깎이 신입으로 업계에 진입한지라 한계가 분명했다. 이때부터 나는 내 수입과 미래를 고민하기 시작했다.

정든 회사를 떠나다

나는 당시 근무하던 넥슨이라는 기업을 매우 사랑했다. 좋은 회사였다. 담당한 타이틀 관련 행사가 있을 때는 얼굴마담으로 무대에 서기도 했다. 프로젝트에 대한 애착도 함께 일하는 사람들에 대한 신뢰도 가득했다. 그들에게 내가 평생 이 회사에 있을 것 같다는 말을 듣기도 했는데, 물론 애정만큼은 그러고도 남았다.

그러나 평생 부산에 살 줄 알았던 내가 지금 일본서 살듯 인생에는 생각지도 못한 일이 갑작스레 찾아온다. 이직 제안을 받은 나는, 넥슨에서 일한 지 3년 반 만에 게임을 주로 다루는 한 광고 대행사로 직장을 옮겼다. 평생 이 회사에서 일할 듯했던 내가 마음을 바꾼 이유는 다음과 같았다.

첫째. 고도의 전문성을 갖추고 싶다는 성장 욕구가 있었다.

둘째. 내가 가진 얕고 넓은 지식과 잔재주를 활용하기에 넥슨은 너무 큰 기업이었다. 모든 업무에는 담당 팀이 정해져 있었고 그 영역을 넘어서기란 쉽지 않았다.

셋째. 치카코의 수입을 넘어서고 싶었다. 그러려면 이직을 통해 연봉협상을 해야 했다.

결혼 전까지는 하지 않던 구체적 고민들이었다. 또 고민의 방향이 명확했다. 나는 살 집을 마련하기 위해 연봉을 올리고 싶었고, 치카코보다 더 많이 벌고 싶었다. 아내를 상대로 경쟁심을 느낀 건 아니지만 막연히 그러고 싶었다. 더 좋은 조건에서 전문성을 인정받는다면 외국인으로 살아도 더 당당할 수 있을 것 같았다.

당시 넥슨은 도쿄 증시 1부 상장사였는데, 이 부분은 장인이 외국인 사위에게 가진 불안을 해소시킨 요인 중 하나였다. 이런 이점을 내려놓고 새 도전을 한다는 것은, 당시 내게 커다란 모험이었다. 결혼 이후 이런 고민이 잦아지면서 어느샌가 내 인생은 새로운 곳을 향하게 되었다.

그렇게 새로운 도전이 시작되자 그 도전의 결과를 머지않아 확인할 수 있었다. 결과가 어땠냐고? 인생은 소년만화가 아니었다. 나는 새로 옮긴 회사에서 마케팅 업무를 담당했는데, 새 회사의 기업문화와 팀 분위기에 적응하지 못하고 내 인생 최대의 실패를 경험했다. 불과 반년이라는 짧은 기간에 실패를 인정하고 다시 게임 업계로 돌아오기로 결정했다.

예상치 못한 결과였다. 당당히 회사를 박차고 나간 용기가 무색해지는 결정이었다. 회사 간 이동이 잦은 한국에서는 별것 아닐 수 있겠으나, 한곳에서 최소 3년은 일해야 인정받는 분위기가 있는 일본에서는 이례적인 일이었다.

내 마음대로 살았지만 그럭저럭 무난하게 흘러온 인생이었다. 적응력만큼은 자신이 있어서, 일본이든 호주든 살 곳도 정하지 않고 무작정 떠나서도 문제없이 살아온 내가 적응에 실패하는 경험을 처음 맛보았다. 지나고 나면 아무것도 아닌 일이지만 내 일이 되면 모든 게 크게 느껴진다. 당시의 실패는 혀가 얼얼해질 정도로 썼다.

"아, 이게 실패구나. 나는 아직 실패를 제대로 경험해본 적이 없었구나."

치카코를 볼 낯이 없다고 생각했으나, 예상외로 치카코는 아무렇지 않은 듯했다. 괜찮다고 다음 회사에서 더 잘될 거라고, 당시에는 좀처럼 믿기 어려운 희망적인 말로 나를 토닥일 뿐이었다.

하지만 나는 결혼을 한 사람 아니던가. 이 상황을 어떻게든 타개해야겠다는 위기감을 1분 1초 무겁게 느낄 뿐이었다. 나는 바로 치버지에게 연락드렸고, 결혼 이후 처음으로

단둘이 자리를 가졌다. 그리고 그 자리에서 이직한 회사에서 퇴사할 거라고 말씀드렸다. 장인에게 불안한 녀석으로 보이고 싶진 않았다.

"조금 시간이 걸리겠지만, 반드시 30대 안에 제 수입만으로 치카코를 먹여 살릴 겁니다. 믿고 기다려주십시오."

사위가 새 회사로 이직하자마자 퇴사한다고 하니 불안해하실 법도 했지만, 치버지는 "천천히 해"라고 하시며 고개를 끄덕이셨다.

유튜브를
시작하다

어느 순간, 불현듯

커피를 처음 마신 것은 초등학교 4학년 때였다. 학교를 마치고 집으로 돌아가는 길에 커피 자판기를 지나쳤는데, 문득 내 주머니에 있는 100원짜리 하나를 집어넣으면 어른들의 음료인 커피를 마실 수 있겠다고 생각했다. 그 나이에 커피를 입에 대는 건 있을 수 없는 일이었지만, 막을 사람이 없음을 안 나는 고민 없이 자판기에 동전을 집어넣었다. 커피 맛을 처음 본 그날은 새벽 2시까지 잠을 이루지 못했다.

담배를 시작한 것도 마찬가지였다. 살면서 내가 담배를

피울 거라는 생각은 한 번도 한 적이 없었는데, 대학교 1학년이 되고 보니 내 돈으로 노점에서 라이터와 담배를 사서 피운다고 말릴 수 있는 사람은 아무도 없다는 걸 깨달았다. 살다 보면, 이처럼 하면 안 될 것 같은 것에 불현듯 손을 대게 되는 순간이 있다. 유튜브도 그랬다.

모든 것의 시작은 호기심이었다. 그 호기심으로 나는 치카코와 영상을 찍어서 유튜브에 업로드했다. 영상을 올린다고 말릴 사람은 아무도 없었고 만약 올리면 어떤 일이 일어날지 궁금하기도 했다. 딱히 잘될 거라는 희망적인 생각으로 시작한 것은 아니었다.

들어간 지 얼마 되지 않은 광고 대행사에서 나오기로 결심하고 새 직장을 찾아봐야 했던 상황. 뭔가 인생이 꼬여감을 직시했던 터라 할 수 있는 건 다 해보자는 심정으로 유튜브를 시작했다. 결코 내가 재능이 있었거나 시대의 흐름을 잘 파악해서 시작한 게 아니라, 차오르는 호기심과 뭐라도 해야 한다는 절박한 심정으로 시작했다. 다행히 취미로 영상을 만들어본 지 이미 2년이었다. 치카코와 함께한 많은 순간을 촬영했고, 거기에 음악도 붙이며 편집하고 놀았던지라 영상을 만드는 데 어려움은 없었다.

방향이 잡히면 속도는 따라오는 법

나는 내가 해도 되는 일, 하면 안 되는 일을 명확하게 구분 짓고 살았다. 게임 회사를 다닐 때도 영상에 대한 아이디어가 많았는데, 그건 영상팀의 일이라고 생각해서 중요한 순간에는 한발 물러섰다. 반면 유튜브는 내가 하고 싶은 이야기, 내가 보여주고 싶은 이야기를 온전히 내가 선택해서 내보내는 공간 아니던가. 하면 안 되는 일이라고 생각했지만 사실 안 할 이유도 없었던 것이다.

이제 와서 생각하면 재능이 없었던 것 같지는 않다. 다만 첫발을 내디딜 용기가 부족했다. 상황에 떠밀려서 시작한 감도 없지 않지만, 유튜브에 첫 영상을 업로드한 행위는 엄연히 내가 선택해서 내디딘 첫발이었다.

내가 올린 영상은 좀 특이했다. 누구나 처음에는 십중팔구 '유튜브 시작합니다!' 같은 자기소개로 시작하는데, 나는 첫 영상부터 치카코에게 잔혹한 한국 영화를 보여줬다. 이어서는 다이나믹 듀오의 랩을 따라 하게 했고 〈범죄와의 전쟁〉에 나오는 최민식의 성대모사를 치카코에게 시켰다. 좋

188

아하는 짝꿍을 짓궂게 괴롭히듯, 평소처럼 치카코를 놀리면서 자연스레 영상을 만들어갔다.

누군가에겐 순전히 아내를 괴롭히는 것처럼 보였겠지만, 내게는 어울리지 않는 짓을 억지로 하는 치카코의 모습이 그렇게 귀여웠다. 세상에는 이런 사랑도 있는 법이다. 모든 사람이 다 같은 방법으로 사랑할 수는 없지 않겠는가.

친구 모임에 나가면 치카코와 나의 대화가 '시트콤 같다'는 소리를 자주 들었다. 흔치 않은 대화법이라 그 자체로 볼거리가 된다는 말이었는데, 우린 이미 긴 시간 그렇게 대화해왔다. 이처럼 삶이 콘텐츠였기 때문에 영상을 만드는 데 큰 고민이 필요하지 않았다.

치카코는 말투와 태도가 중요한 사람이 아니었다. 진심이 중요했다. 애초에 말투가 어쩌하든 남이 볼 때 아무리 무례한 말을 했다 한들 그 말에 진심이 느껴지는지를 기준에 두고 판단했고, 그랬기 때문에 내 진짜 속마음이 어떤 상태인지 귀신같이 알아채는 능력이 있었다.

그러다 보니 우리 유튜브는 조금 이상한 부부의 이야기가 되었다. 어느새 남편은 돌아이, 아내는 보살이 되어 있었다. 이상적인 부부의 모습을 보여주지 않는다며 그걸 욕하는 사람도 종종 있었지만, 문제될 건 없었다. 화면 밖 우리가 진정 행복한지는 우리만 아는 것 아니던가. 어차피 유튜브를 하기로 했으니 어디서나 볼 수 있는 영상을 만드는 건 의미가 없었다. 우리에게는 일상인데 다른 곳에서 볼 수 없는 모습이 뭘까 고민한 내용을 영상에 담았다. 다행히 그런 모습에 재미를 느끼는 사람이 늘었고, 채널 오픈 한 달도 채 되지 않아 1만 명이 넘는 구독자를 모았을 때는 어안이 벙벙하기도 했다.

유튜브를 시작하며 반년간 다닌 광고 대행사에서 나와 다시 게임 업계로 복귀했다. '펄어비스'라는 한국계 게임 개발사로 이 회사에서 다시 의미 있는 프로젝트를 담당하며 좋은 사람들과 일하게 되었다. 이처럼 회사 근무와 유튜브를 병행하다 보니 "이 나라에서 계속 일 못 하는 거 아냐?" 하고 걱정했던 시절이 언제였느냐는 듯 일복이 터지기 시작했다. 지나고 보면 매우 짧은 혼란의 시기였다. 하지만 그 혼란의 중심에 서 있을 때는 이 상황이 언제 끝날지 마냥 막연해 보였다.

결국 방향이 잡히고 나니 속도가 붙었다. 인생의 큰 위기였다고 생각했는데 결과적으로 모든 일이 잘되었다. 실패를 경험하고 나니 오히려 내가 잘할 수 있는 일이 더 확실하게 보였다. 물론 운이 좋았던 게 사실이다. 위기 때마다 일이 잘 풀린 것은 위기감이 나라는 느슨한 인간을 움직이도록 만들었기 때문이다. 이래서 다들 위기는 곧 기회라고 하는 것 같다.

아빠가 된다는
기적

너를 닮은 아이

나는 치카코의 어린 시절이 궁금했다. 치카코가 어렸을 때
는 나 또한 어렸고, 그때 나는 일본어를 할 수 없었기에 만
일 그 시절 치카코를 만났더라도 말 한마디 붙일 수 없는 대
상이었을 것이다.

　외국인과 결혼한 사람이라면 누구나 공감하겠지만 치카
코의 어린 시절 사진은 정말 100퍼센트 '찐 외국인'으로 보
인다. 애초에 나랑 말이 통할 것 같은 사람 같지가 않다. 심
지어 성인식 때 기모노를 입고 찍은 사진을 보면 그 이질감

은 말로 할 수가 없다. 이 사람과 내가 동시대에 존재했다는 사실이 믿기지 않을 정도다. 그런 이질감에 몸서리친 후, 사진 밖 현실의 치카코를 바라보면 또 한 번 기분이 이상해진다. 사진에서는 나와 가장 멀어 보인 사람이 지금은 가장 가까운 곳에 있다.

치카코가 스물두 살이 되었던 해부터 그녀를 알아온지라 그 이전의 22년은 내게 늘 수수께끼였다. 이 사람의 어린 시절 목소리와 말투는 어땠는지, 또 어떤 얼굴이었는지 궁금했다. 그렇게 이 시간들에 대한 궁금증이 내 안에서 발효되다 보니 생각이 여기까지 발전했다. '이 사람을 닮은 아이를 낳아서 그 아이를 키워보고 싶다'라고.

자식을 갖고 싶다는 내 본연의 욕망만큼이나 치카코를 닮은 아이를 보고 싶다고 생각했다. 얼굴도 성격도 식성도, 그리고 가장 중요한 머리 크기도 다 치카코를 닮았으면 했다. 하지만 게임 회사를 다니는 남편과 간호사로 근무 중인 아내가 유튜브까지 병행하며 아이를 가지는 일은 쉽지 않았다. 오랜 시간 노력한 결과, 우리에게 그 결실이 들어선 것은 2019년 봄이었다.

의외로 변화가 없는 생활

드라마에서만 봤던 임신테스트기가 실제로 어떻게 생겼는
지, 거기에 두 줄이 뜨면 어떤 형상인지 처음으로 알게 되었
다. 둘 다 쉽게 입이 떨어지지 않았지만 나지막이 서로 축하
한다는 말을 나눴다. 머리로는 '나의 정자와 치카코의 난자
가 자궁 안에서 만나 성공적으로 착상되었다'라는 사실을
이해했지만, 내 아이가 태어난다는 걸 가슴으로 실감하는
데는 시간이 걸렸다. 아빠가 된다는 실감을 조금이나마 한
시점은 치카코의 배가 별로 먹은 것도 없는데 불러 있다는
걸 알게 된 뒤였다. 우리는 부모 되기를 기다리는 재미로 맞
벌이 생활을 이어갔다.

　그렇다고 간호사 일의 난이도가 낮아질 리는 없었다. 그
나마 다행이었던 것은 임신 후유증이 심하지 않았다는 점
이다. 치카코는 여느 때와 다를 바 없이 회사를 다녔고 야간
근무까지 해냈다. 평소보다 많이 졸려 하긴 했는데, 남들에
게 듣던 것보다 힘들지 않은 임신 초기를 보내고 있다는 사
실은 남자인 내가 봐도 알 것 같았다.

나는 그 사실에 감사했다. 내가 딱히 케어하지 않고도 시간이 무사히 흘렀으니 이보다 감사할 게 또 있겠는가. 결과적으로 치카코가 임신한 뒤에도 나는 그전과 다를 바 없이 생활했다. 행동에서 태도까지 어느 하나 변함없이.

그렇게 시간이 흘러 흔히들 안정기라고 부르는 임신 16주차를 넘어서고 있었다. 우리는 이제 슬슬 주변 사람에게 첫 아이가 태어난다는 사실을 알렸다. 치카코의 배를 보면서 이 안에 사람이 들어 있다는 걸 확신하던 시기였다.

그렇게 평소처럼 회사에서 일을 하던 어느 날 오후, 치카코에게서 부재중 전화가 와 있었다. 일순간 불길함이 휘몰아쳤다.

누구도 그냥 태어나지 않는다

10년 가까운 시간 동안 근무 중에 치카코의 전화를 받은 적은 딱 한 번이었다. 함께 저녁으로 카레를 먹은 다음 날, 배탈이 나서 조퇴를 하며 내 상태는 괜찮은지 연락했던 단 한

번뿐이었다. 치카코는 본인이 근무 중이거나 내가 근무 중인 시간에 절대로 전화를 하지 않았다. 그런 치카코에게서 대낮에 전화가 왔다는 사실만으로도 뭔가 문제가 발생했음을 직감할 수 있었다.

초조함에 떨며 치카코에게 전화를 걸었다. 수화기 건너편에서 치카코가 울고 있었다. 병원에서 근무 중 양수가 터졌다고 했다. '양수가 터지면 어떻게 되는 거지?' 정확히는 몰랐지만, 울고 있는 치카코의 목소리만 들어도 뱃속의 아이가 위험하다는 건 알 수 있었다.

급히 회사를 조퇴하고 택시로 병원을 향할 때, 그제야 치카코가 했던 수많은 말이 기억에 되살아났다. "오빠 이 앱은 다운받아둬." 진작에 링크를 보내왔는데 무시하고 다운받지 않은 예비 엄마 아빠를 위한 앱. 이 앱을 뒤늦게 설치했다. 지금 아이가 어떤 모습인지 얼마나 컸는지, 이때 아빠가 뭘 어떻게 해줘야 하는지 매주 알려주는 앱이었다.

나는 그때까지 이런 정보를 단 한 번도 찾아보지 않았다. 그런 놈이 양수가 터지면 어떻게 되는지 알 턱이 없었다. 아빠가 될 준비가 안 되었다는 사실, 지금 이걸 깨우쳐도 바뀌는 건 아무것도 없었다.

양수의 90퍼센트가 사라졌으나 아기는 엄마 뱃속에서 나가기 싫었는지 이틀을 버텼다. 그러다가 더 버티기가 어려웠는지 3일째 되던 날, 몸 밖으로 나왔다. 주먹만 한 크기였지만 이목구비가 다 달려 있고, 손, 발가락도 다섯 개씩 다 붙어 있던 첫 아이. 아직 엄마 뱃속에 있지 않으면 살 수 없는 크기였다. 우리는 만남과 동시에 이별을 고했다.

아이를 보고 나는 꺼이꺼이 울었다. 사람이 건강히 태어나는 건 그 자체만으로도 기적과 같은 일이었다. 나는 이 사실을 그때 처음 알았다.

맞벌이가
당연한 건 줄 알았다

너의 상식과 나의 상식

"너는 나랑 사겼으니 65세까지 일해야 해. 그것도 정사원으로."

이 말은 실제로 내가 연애 시절 치카코에게 한 말이다. 치카코는 언젠가 간호사를 그만두고, 전업주부로서 아이를 키우고 내조를 하며 살고 싶다는 꿈이 있었다. 전업주부가 사람의 꿈이 될 수 있다니. 나는 그런 꿈은 이 세상에서 멸종된 꿈이라고 생각했다. 버스 안내양과 같이 시대의 흐름에 따라 사장된 직업쯤으로 여겼다. 한국의 맞벌이 문화에 익

숙한 내게, 전업주부라는 꿈은 싹트기 전에 싹수를 밟아야
하는 허황된 욕망처럼 보였다.

　물론 그녀의 의도는 알고 있었다. 대학병원 간호사 일은
언제까지나 계속하기에는 너무 힘든 일이었다. 그 점은 충
분히 이해했다. 하지만 덜 힘든 환경으로 이직하는 선택지
도 있는데 아예 직장생활을 그만두겠다니…. 나는 부부간
맞벌이를 국방의 의무처럼 당연한 의무이자 책임이라고 생
각했기에, 맞벌이 공동 전선에서 혼자 철수하겠다는 이 초
헌법적 발언을 듣고는 하루빨리 이 아가씨의 버르장머리를
고쳐놓지 않으면 안 되겠다는 위기감을 느꼈다.

　치카코는 내 아내가 된 이상 일을 해야 했다. 그것이 내
상식이었다. 하지만 결혼이란 나의 상식이 너의 상식을 만
나 우리의 상식으로 변화해가는 과정. 상식이자 곧 정의라
믿었던 내 마음도 결국 첫 번째 유산을 경험하며 무너졌다.

아내의 행복보다 중요한 건 없다

지난 임신 16주 차까지의 시간을 되돌아보면, 뱃속의 아기는 엄마가 힘든 일을 한다는 걸 마치 알고 있다는 듯 투정한번 부리지 않았다. 하지만 그게 아니었다. 이 일을 겪으며치카코는 간호사 일을 하면서 아이를 출산할 수 있을 거라는 자신을 잃었고, 나도 이런 그녀에게 일과 출산 준비를 병행하라고 말할 엄두가 안 났다.

그렇다고 치카코가 풀타임으로 일하기를 원한 건 아니었다. 직장에 소속된 이상 출산휴가를 쓸 수 있지 않은가. 출산휴가는 내가 치카코에게 요구한 현실적 마지노선이었다. 엄연히 급여를 받으면서 육아를 할 수 있는 방법이 있는데 그걸 포기한다는 게 너무 아까웠다. 하지만 이러한 계산을 앞세우기에는 치카코가 너무 우울해 보였다. 당연히 고민은깊어갔다.

'생계를 온전히 나 혼자서 책임지는 게 가능할까?' 부담은 컸지만 이제 어른이 될 때가 왔나 보다 싶었다. 평강공주처럼 나라는 놈을 여기까지 끌고 와준 치카코를 이제 내가 부양해야겠다고 생각했다. 고민 끝에 치카코에게 말을 꺼냈다.

"치카코, 일 그만하자."

요즘 시대에 외벌이는 금수저들에게나 가능한 일이라고 여겼고, 그런 환경이 조성되지 않은 상태에서 한쪽이 경제활동을 그만두는 건 리스크가 너무 크다고 생각했다. 하지만 다시 불안에 떠는 치카코를 보는 것 이상의 불행이 어디 있을까. 부부가 된 마당에 아내가 불행해지는 선택을 할 수는 없었다.

결국 치카코는 일을 그만두었고, 우리 집은 난생처음 나혼자 온전히 생활비를 책임지는 외벌이 가정이 되었다. 회사와 유튜브를 병행하며 가정을 지탱해야 한다고 생각하니 책임감이 막중해졌다. '남자 인생은 결혼 이후부터'라는 말이 절실하게 공감되는 순간이었다. 예전 같으면 있을 수 없는 일이었다.

모든 일을 손익의 관점에서 바라보던 나라는 인간이, 출산휴가조차 신청할 수 없게 된 상황에 아쉬움을 완전히 떨쳤다고 말한다면 거짓말일 것이다. 여전히 나는 속이 좁고 맞벌이에서 기대할 수 있는 금전적 이득이 아쉽다. 하지만 때로는 '비상식' 같지만 돌아가야 하는 순간도 있는 게 인생이다. 나는 이 사실을 하루 동안 에너지를 다 쓰지 못한 강아지가 주인을 반기듯, 일 마치고 집에 돌아온 나를 깡총하며 반겨주는 전업주부 치카코를 보며 알게 되었다. 행복의 형태에 당연한 상식 같은 건 없었다.

치카코가 다시 밝아져서 참 다행이었다.

국적이 다른
엄마 아빠

***

아이와의 첫 만남

2021년 8월 6일, 첫 아이가 태어났다. 한 번의 시련을 이겨
내고 겨우겨우 만나게 된 아이였다. 아빠가 될 준비가 되지
않았던 내가 부모 됨을 조금은 무겁게 받아들이고, 지쳐 있
던 치카코가 간호사 일에서 해방되어 생기를 되찾자 아이가
우리에게 왔다.

클릭 전까지는 섬네일로 호기심만 자극하고 중요한 내용
은 알려주지 않는 '어그로꾼' 유튜버 아빠의 영향인지, 아이
는 태어나기 전날까지 절묘한 자세를 취하며 자신의 성별을

알려주지 않았다. 이렇게까지 안 보여주는 경우는 많지 않다며 신기해하는 의사의 말을 들으며, 역시 내 새끼라 관심 끄는 법을 안다 싶었다.

치카코는 아이를 잘 낳을 자신이 있다며 무통 주사조차 맞지 않고 자연분만했다. 아무 조치도 없이 조선시대처럼 아이를 낳는 치카코를 지키면서 사람이 이렇게까지 죽을 듯 비명을 지를 수 있다는 것도 처음 알았다. 옆에서 보는 것만으로도 숨 막히는 고통이 느껴져서 출산 직전까지 나도 제정신이 아니었다.

밤새 기나긴 사투를 치르고 아침이 밝았고 드디어 아이와 만났다. 당연히 태어나자마자 성별부터 확인했다. 딸이었다. 나는 그 사실이 기뻤다.

치카코는 출산한 지 1시간 만에 병원에서 주는 밥을 먹었다. 그렇게 비명을 지르던 사람이 태연하게 입안에 빵을 집어넣는 걸 보고 대단하다고 느꼈다. 사실 어제저녁부터 한 끼도 못 먹어서 나도 배가 고팠지만, 차마 내 밥은 안 주느냐고 묻지는 못했다. 분만실에서 식사를 하는 치카코를 사뭇 그윽한 눈빛으로 바라볼 뿐이었다. 아직 주변에 간호사들이 있어서 '그 빵 다 안 먹을 거면 나 달라'는 말은 부끄러워서 못했다.

그렇게 치카코와 나는 둘이 만나 셋이 되었다. 새로운 가족이 생긴 것이다.

엄마의 나라와 아빠의 나라

아빠의 국적 대한민국과 엄마의 국적 일본, 세상에서 가장 앙숙인 두 나라의 국적을 함께 가진 아이. 따라서 앞으로 정체성의 혼란을 자주 겪을 수밖에 없을 아이. 올림픽 때가 되면 엄마와 아빠가 적이 되는 가정에서 자랄 아이. 이 아이는 출생신고를 일본 구청과 한국 대사관, 두 군데서 했다.

보통 국제 커플 사이에서 탄생한 아이는 일본에서는 일본 이름, 한국에서는 한국 이름으로 출생신고를 하는 경우가 많지만, 나는 나라별로 다른 이름을 가지게 하고 싶지 않아서 이름을 하나로 통일했다. 성도 내 성을 따라 오씨 성을 붙였다.

이름은 순전히 내 욕심으로 오래전부터 정해놓은 이름을

붙였다. 치카코와 장인, 장모는 내 욕심을 이해해주셨다.

세상 살다 보면 많은 고민과 불안이 계속해서 발목을 붙잡을 것이다. 실패해도 괜찮다고 용기 내서 해보라고 다들 쉽게 말하지만, 그게 내 일이 되면 좀처럼 쉽지 않은 법. 그럼에도 그냥 뭐든지 해보라고, 고민도 많이 하고 시도도 많이 하고 도전도 많이 하고 실패마저도 많이 해보라고, 해보고 나서 후회하는 일은 잘 없다고 알려주고 싶었다. 그렇게 늘 자신감 있게 주도적으로 살라는 의미로 이름을 지었다.

'하라' 딸의 이름은 그렇게 지어졌다. 일본에서도 하라, 한국에서도 하라.

아마도 살다 보면 아빠의 나라와 엄마의 나라는 왜 이렇게 사이가 나쁜지, 왜 이렇게 여전히 서로를 못 잡아먹어서 안달인지, 양쪽에서 하는 이야기가 한결같이 상충되는지 많은 혼란이 생길 것이다. 세상에는 많은 분쟁과 모순이 있는 법이며 그럼에도 그 안에서 우리처럼 국경을 넘는 사랑을 하는 사람이 생겨나는 법이다. 우리는 이 아이가 느낄 수 있는 혼란을 함께 마주하며 든든한 버팀목이 되어주기로 다짐했다.

이 글을 쓰는 지금 아이는 세 살이 되었다. 하루하루 늘어가는 아이의 말수처럼 우리 또한 부모로서 함께 성장하고 있다. 돌고 돌아 먼 길을 왔지만 결국 이렇게 살기 위해 많은 고민을 거쳐오지 않았나 싶다. 물론 앞으로도 다시 많은 고민을 할 테지만.

그래도 어찌어찌 잘 살고 있다. 그동안 그래왔듯 지금의 시간도 지나서 보면 그럭저럭 괜찮은 시간이 되어 있을 거라 믿으며, 하라와 우리 부부는 살아간다. 치카코와 하라를 만나게 되어 참 다행이다.

MONOFILM 300   21A   MONOFILM 300

24   25

너희를 만난 게
내 인생 최대의 행운이야.

삶은
걱정과는
다르게
흐른다

시간 속에서 숙성된 경험은 깨달음을 준다

이 깨달음이 정답은 아닐 수 있어도
시간이 흘러 생각이 바뀔지 몰라도
지금을 살기 위한 나름의 신념이 된다

엄마가
하지 말란 짓

좋은 자식으로 살긴 어렵다

우리 엄마는 내가 게임하는 걸 매우 싫어하셨는데, 이유는 뻔했다. 게임 때문에 하라는 공부를 하지 않았기 때문이다.

초등학교 때 문방구 앞 오락기에서 게임하다가 걸리면 엄청나게 혼이 났다. 게임하는 나를 본 동네 아줌마들이 엄마에게 말했기 때문이다. 그런 날은 집에 돌아오기가 무섭게 깨졌다. 우리 동네에는 오락실이 없어서 문방구 앞 게임기가 세상에서 가장 재미있는 놀이터였는데, 엄마는 아들이 그곳에 쪼그려 앉아서 게임하는 걸 싫어하셨다.

중학교 시절에는 피시방이 막 생겨나며 〈스타 크래프트〉라는 게임 붐이 일었다. 나뿐 아니라 그때는 온 세상 사람이 스타 유저였다. 하루는 내 생일에 친구들에게 피시방 턱을 쏜 적이 있다. 그날 나는 게임하느라 귀가가 늦었고, 결국 집에 들어가지도 못하고 현관에 서서 잔소리를 들었다. 당시 반항기에 접어들던 때라 그 길로 집을 나갔지만, 추워서 3시간 만에 되돌아갔다.

학창 시절 나는 부모님이 외출하기만을 기다렸다. 그래야 게임을 할 수 있었기 때문이다. 현관문 닫기는 소리가 들리는 동시에 컴퓨터를 켰다. 그때 모니터에서 바로 눈에 들어오는 게 넥슨 로고였다. 내게 이 로고는 해방의 상징이었다. 공부하라는 소리에서 벗어나는 순간이었다. 내가 넥슨을 좋아할 수밖에 없는 이유가 여기 있다.

게임은 엄마와 나 사이에 분쟁 요소였다. 엄마와 산 인생 대부분을 게임 때문에 싸웠다. 그 히스토리는 거의 백년전쟁급이다. 이 전쟁은 내가 외국에 나가 살며 자연스레 종전을 맞았다.

게임만 문제였던 건 아니다. 나는 영화도 좋아했다. 고3 때는 독서실에 공부하러 가는 척 나가서 극장으로 향했다. 결코 내가 잘했다는 건 아니지만, 그때 본 영화표만 수십 장이다(쪽팔려서 수십 장이라 얼버무렸지만, 수능 전까지 1년간 본 영화표는 정확히 63장이었다. 내가 봐도 좀 심했다 싶다).

고등학교 때만 그랬을까. 대학교 시절 1교시 빼먹고 조조로 본 영화만 한 트럭이다. 제일 영화를 많이 본 날은 극장에서 하루에 5편을 연속으로 본 적도 있다. 하도 수업을 빼먹고 영화를 보러 다녀서 졸업을 못 할 수도 있다고 생각했다. 당시에는 영화만큼 재미있는 게 없었다. 하필 나의 대학시절은 한국 영화의 르네상스로 불린 시절이다. 영화가 재미있는 게 당연했다. 다행히 어찌어찌 졸업은 했다.

인생은 어디로 굴러갈지 모른다

당장 해야 하는 일은 다 재미가 없었고, 하지 말라는 일들만 재미있었다. 그런 내가 이제 10년 차 게임 회사 직원이자 영상을 만들어서 유튜브에 올리는 일을 하고 있다. 인생은 이래서 재미있다. 하지 말라고 해서 몰래 숨어서 한 일들이 지금의 내 생활의 기반이 되었으니. 어른들이 게임하지 말고 공부하라고 말했던 건 결국 안정적으로 살 수 있는 직업을 가지기 위해 노력하라는 뜻이었을 텐데, 아이러니하게도 결국 그 하지 말라는 것들이 내 직업이 되었다.

부모의 판단이 틀렸다고 생각하지는 않는다. 그 시대에는 공부가 가장 가능성 높은 선택이었을 것이다. 게임 회사가 없는 시대였고 유튜브가 없는 시대였으니, 부모라면 공부해서 안정적인 직장에 들어가라고 말할 수밖에 없었을 것이다. 하지만 이제 나는 그들이 하지 말라고 했던 일로 돈을 벌며 가정을 지키고 있다. 부모는 나로 살아본 적이 없지 않은가. 나는 나로 태어나서 나로 살다 보니 내가 되었다. 이런 인생이 조금은 부끄럽지만 조금은 자랑스럽기도 하다. 최소한 누굴 탓할 이유가 없기 때문이다. 내키는 대로 하고 싶은 건 다 해봤으니 말이다.

MONOFILM SLIDE

LIFE IS A COLLECTION OF MOMENTS

결국 나도 내 일을 사랑하게 되었고
자랑스럽게 여기게 되었다.

좋은 부모란
무엇일까

부모의 자격

부모는 아무나 될 수 있다. 부모가 되는 자격시험 같은 건 없다. 새 생명을 잉태시켜 그 아이가 태어나면 그 순간 누구든 부모가 된다.

나와 치카코는 부모가 되길 원했다. 부모가 되어 우리 아이를 예뻐해주고 싶었고, 우리 나름의 괜찮은 인생으로 인도하고 싶었으며, 우리가 알고 있는 즐거움을 아이와 공유하고 싶었다. 디즈니랜드에서 퍼레이드 보는 감동을 알려주고 싶었고, 한여름의 잘 익은 수박이 얼마나 맛있는지 알려주고 싶었으며, 언젠가 정말 재미있는 영화가 있다며 〈타이타닉〉을 같이 보고 싶었다. 따스한 봄날에 공원에 자리를 깔고 김밥을 먹으며 우리 주변을 뛰노는 아이를 바라보는 게 내가 그린 행복에 가장 근접한 모습이었다.

이것은 순수하게 나의 욕망이었다. 나는 나의 욕망으로 부모가 되었다. 이 욕망은 바람대로 행복을 가져다줬다. 나는 정말 아빠가 되길 잘했다고 생각한다.

하지만 아이는 언젠가는 클 것이다. 시간이 지나서 나이를 먹으면 나와 다툴 것이다. 내가 원하는 삶과 아이가 원하는 삶이 충돌할 것이다. 내가 하는 말이 아이에게는 도무지 이해되지 않을 것이며, 마음을 몰라주는 것에 나도 답답해할 것이다. 늘 그랬던 것처럼 이런 일은 우리에게도 반복될 것이다. 그래서 다시금 되새긴다. 나는 나의 욕망으로 이 아이의 부모가 되었고 이 아이는 그 선택에 개입한 적이 없다.

당연히 나는 좋은 부모가 되고 싶다. 아니, 어쩌면 이것은 자신의 욕망으로 부모가 된 자가 해야 할 최소한의 의무일지 모른다.

나는 좋은 부모가 될 수 있을까?

나는 부모가 되기에 충분하지 않다. 여전히 서투르고 부족한 부분투성이다. 아빠라는 놈이 아직 담배조차 못 끊었지 않은가. 지금 당장 꼽아봐도 좋은 부모가 되기에는 결점이 수두룩하다. 아마 많은 사람이 그렇게 느낄 것이다.

'과연 나는 좋은 부모가 될 수 있을까? 어떻게 하면 좋은 부모가 될 수 있을까?'

실제로 부모가 되고 보니, 좋은 부모라는 숙제는 너무 어려운 듯하다. 3년을 키웠는데도 아직도 이 아이를 어떻게 대하는 게 좋은 건지 모르겠다. 내 나름대로는 숨이 턱턱 차오를 정도로 일을 하며 가정을 지키고 있는데, 그것만으로는 충분치 않은 듯하다. 조금 방심하면 두더지 잡기 하듯 내 부족함이 적나라하게 드러난다. 때로 이 행복에 만성이 되어 아이보다 나를 우선시하는 모습도 발견하고는 한다.

마흔 먹도록 실없는 농담 따먹기를 좋아하는 특이한 성격의 한국인 아빠와 그런 남자를 사랑한 153센티미터 꼬꼬마 아가씨 엄마가 있는 대단할 것도 없는 가정이지만, 좋은 부모가 되고 싶은 마음은 여느 부모와 다르지 않다.

'좋은 부모란 무엇인가'라는 질문에 답할 수 있는 사람은 먼 미래의 우리 딸밖에 없을 것 같다. 혹시 딸이 훗날 아빠라는 사람을 정말 별로인 인간으로 여길까 두렵기도 한데, 그러면 별수 있나 그 평가를 받아들일 수밖에. 적어도 아이가 이 책을 읽는 순간 내가 하는 '공부하라는 소리'는 아무런 설득력이 없어질 것이다.

그래서 답이 안 나와도 계속 고민하기로 했다.

'좋은 부모란 어떤 부모일까?'

이 고민을 멈추는 순간, 진짜 나쁜 부모가 될 것 같기 때문이다. 적어도 계속 이 고민을 하면서 너를 키웠다는 말을 해주고 싶다.

〈타이타닉〉은 재미있게 봐주면 좋겠다. 주인공들이 차 안에서 사랑을 나누는 장면이 나올 때쯤에는, 센스 있게 화장실에 가줄 의향도 있다.

너보다 먼저 태어나서 미리 알아봤어.
이 세상에 뭐가 재미있는지, 너한테 알려주려고 말이야.

대부분의 걱정은
쓸데없었다

걱정 없는 삶

모두가 그런 꿈을 꾸는 건 아닐 것이다. 하지만 나는 주기적
으로 경찰서에 잡혀가는 꿈을 꾼다. 의도치 않게 범죄를 저
질러서 인생 망했다는 좌절감을 느끼다가 식은땀을 흘리며
꿈에서 깬다. 잊을 만하면 꾸는 꿈인데, 중학교 때부터 계속
되었던 것 같다. 꿀 때마다 살인, 음주 운전, 절도, 폭행 등,
레퍼토리도 다양하다. 왜 이런 꿈을 꾸는지 모르지만 무의
식중에 그런 불안이 있지 않나 싶다. 다행히 실제로 범죄를
저지른 적은 아직 없다. 앞으로도 없었으면 좋겠다(아, 대학생

때 강남역에서 담배꽁초 버렸다가 범칙금 5만 원을 낸 적은 있다).

나는 걱정 없는 상태로 살고 싶다. 그게 내 분명한 소원이다. 걱정을 해본 사람이라면 알 것이다. 사람이 걱정거리가 있으면 얼마나 불안하고 초조해지는지. 모든 신경이 그곳에만 쏠려서 다른 일에 집중할 수 없는 그 마음. 이미 너무 많이 경험한 그 마음. 사실 어릴 적 걱정거리들이야 이제 와 돌아보면 사소한 걱정이었다. 하지만 그때는 달랐다. 무슨 큰일이라도 나는 줄 알았다.

이 책에서도 몇 번 반복해 말했지만 걱정의 중심에 있는 사람은 그 크기를 가늠할 수 없다. 내 걱정은 늘 거대해 보인다. 이 사실을 알면서도, 재차 걱정의 중심에 들어서면 거대한 걱정의 태풍 속에서 또다시 지레 겁을 먹을 것이다. 그 안에서 의연함을 잃지 않기란 참 어렵다.

인생은 쉽게 망가지지 않아

하지만 분명한 것은 지난날 걱정한 일들은 대부분 벌어지지 않았고 나는 지금 잘 살고 있다는 것이다. 국영수 성적이 곤두박질쳐도 나는 망가지지 않았고, 좋은 대학을 나오지 않아도 인생은 굴러갔다. 토익 점수 900점 이상을 못 땄어도 사람 구실을 하며 살고 있고, 취업 시기를 피해 외국으로 튀어나갔어도 잘만 일하고 있다.

평생 혼자 살 것 같은 두려움도 현실을 빗겨나갔으며, 집을 마련하지 못 하면 인생의 동반자도 없을 줄 알았는데 그 동반자, 지금 소파에서 낮잠 중이다.

조금 과격하게 말하자면 인생 X될 것 같은 두려움이 끊임없이 나를 괴롭혔지만, 인생은 잡초처럼 끈질겨서 그렇게 쉽게 망가지지 않았다. 혹자는 너는 다 잘 풀려서 이런 말을 하는 거라 하겠지만, 많은 사람이 공감할 것이다. 그때는 진짜 뭐만 하면 다들 인생 망할 것처럼 겁을 줬었다고.

우린 그때 왜 그렇게 걱정했을까? 어떤 형태로든 결국 지금 다 살고 있지 않은가. 남들이 말하는 정답처럼 인생을 살지 못했다고 해서 인생이 망가지지는 않는다. 무언가를 계속하는 이상, 결국에는 무언가가 되어 있을 것이기 때문이다.

물론 살다 보면 또 다른 걱정이 생길 것이다. 마흔이 지나서 생기는 걱정의 무게는 그동안의 걱정과는 급이 다를 수도 있다. 그때는 믿어보려 한다. 결국 어떻게든 이겨냈으니 이번에도 그럴 것이라고. 이런 거 함께 이겨내려고 가족이 있는 거 아니겠는가.

치카코의
가치관

비교하지 않는 사람

문득 알게 된 사실인데, 치카코는 사람과 사람을 비교하지 않았다. 한 번도 특정 대상과 자신 혹은 가족을 비교하지 않았다. 처음에는 눈치 때문에 그러는가 싶었으나 벌써 13년이다. 나는 한 번도 치카코의 입을 통해 누군가와 비교당하지 않았다(물론 잔소리는 많이 들었다).

치카코는 SNS를 하지 않는다. 유튜브만큼 삶을 적나라하게 드러내는 SNS도 없으니 이 말은 모순적이지만, 그 유튜브마저 엄밀히 말하자면 남편이 하는 것이다. SNS를 하지 않는 이유를 물어보니, 딱히 할 필요를 못 느낀다고 했다. 계정은 있는데 잘 들어가지도 않는 것 같다.

긴 시간 유튜브를 하며 500편이 넘는 영상을 만들었는데 치카코는 한 번도 자기 얼굴이 어떻게 나온다고 불평한 적이 없다. 하지만 거짓이 섞이거나 현실을 왜곡하는 연출에 대해서는 단호하게 찍을 수 없다고 말했다. 은근히 무서운 사람이다. 애초부터 남의 시선에는 별로 신경 쓰지 않지만 자기가 정해놓은 룰을 지키지 않는 것에는 단호했다. 어떻게 '쪼매난 여자애'가 이렇게 대쪽 같을 수 있는지, 늘 그 이유가 궁금했다.

사실 우리는 모두 알고 있다. 비교하는 것이 불행을 자초한다는 것을. 그것이 나쁜 버릇이라는 것을 머리로는 알고 있다. 하지만 사람이 어떻게 비교를 안 하고 사나. 옆에 비교 대상이 널린 세상인데. 누구 집은 어떻게 사는지, 누가 어떻게 입고 다니는지, 눈만 뜨고 있어도 비교가 되는 세상에서 어떻게 그럴 수가 있을까. 내가 잘하고 있는지 아닌지 주변을 보는 것만큼 잘 알 수 있는 방법이 있을까? 그런데 이 아이는 비교 대상이 필요 없는 듯했다.

나는 나를 못 속이니까

옆에서 지켜보며 내가 내린 결론은 치카코네 집이었다. 하나뿐인 외동딸이라 애지중지 금지옥엽으로 키운 건 어느 집이나 다를 바 없었으나, 이 집은 당장 눈앞에 놓여 있는 맥주 한잔의 맛, 지금 가족들과 함께 보내는 시간, 기념일에 챙기는 아주 소소한 선물을 즐기는 집안이었고, 그런 행복을 표현하는 데 능한 가족이었다. 아마 치카코는 살면서 비교당한 적도 없을 것이다. 눈앞의 행복에 집중하는 집안이라 굳이 비교를 통해 더 큰 행복을 추구할 필요가 없었던 것 같다.

나는 비교우위에 서는 게 중요했다. '누구보다' 더 잘하는 게 중요했고 '누구보다' 더 잘 버는 게 중요했다. 내 행복의 기준이 명확하지 않다 보니 늘 비교 대상이 필요했다. 경쟁에서 이기는 것만큼 빠르게 행복감을 주는 건 없었다. 이러한 사고방식은 동시대에 한국에서 산 우리에게는 당연했다.

정말 신기한 건 결국 같이 살다 보니 바뀌게 된다는 사실이다. 행복의 가치관조차 바뀌었다. 이과에 공대를 나온 내가 이토록 철학적 고민을 하게 된 것은 치카코의 영향이 컸다.

'내 딸은 처음부터 엄마처럼 살았으면 좋겠다.'

욕망덩어리였던 내게는 늘 '컵에 물이 반밖에 차 있지 않다'라는 결핍이 있었다. 컵의 물이 반만으로도 족한 건지 아닌지 판단을 못 내리니 계속 부족해 보일 수밖에 없었다. 눈에 부족해 보이는데 어떻게 컵에 물이 반이나 있다고 만족할 것인가. 하지만 비교를 멈추며 알게 되었다. 컵에 물은 반이나 있을 수도 있고, 반밖에 없을 수도 있지만 지금 이것으로 충분한 건지는 내가 정하는 거라고. 옆 사람과 비교하는 게 아니라고. 그러다 보니 내가 스스로에게 묻는 질문에 어떤 답을 할 것인지가 더 중요해졌다.

"지금 열심히 하고 있니?"

"아빠로서 잘하고 있는 거니?"

"네 영상이 보는 사람에게 의미가 있을까?"

이 변화는 느릴지언정 인생의 방향만큼은 확실히 잡아줬다. 치카코를 만나서 가장 감사하는 부분이다. 혹시 내가 와이프 흉을 보더라도 이 부분만큼은 칭찬할 수 있다. 남자였다면 정말 멋있는 놈이었을 거다. 이 사람은 심지어 20대 때부터 이랬다.

그런데 말이다. 이처럼 확고한 기준 때문에, 내가 여전히 베이지색 옷만 주야장천 입는 걸 싫어한다는 것을 아직도 모르는 것 같긴 하다.

인생이란
결국 운 아닐까

운이 좋은 남자

나는 운이 참 좋은 사람이다. 이 책을 여기까지 읽으셨다면 다들 공감하실 거다. 나는 목표를 잡고, 노력을 통해 성취를 이룬 사람이 아니다. 내가 이룬 모든 성취는 운이 좋았다는 것 말고는 설명할 수 없다. 심지어 행복한 가정을 이룬 나를 보고 사람들이 이렇게 말하지 않는가. 이놈은 전생에 나라를 구했다고.

내가 누구보다 나를 잘 알지만 전생에 나라를 구하는 일 같은 건 하지 않았을 것이다. 오히려 치카코가 전생에 나라를 팔았을 가능성이 더 높을 거라는 합리적 의심을 하고 있다. 왜냐하면 아무리 봐도 그녀는 더 괜찮은 남자한테 시집갈 수 있는 사람이었으니까. 아마 이견은 없을 것이다.

한번은 로또를 사서, 내 생일인 2와 11, 치카코 생일인 3과 14, 그리고 눈에 들어온 숫자 18과 28을 기입했다. 그런데 치카코 생일 두 개 빼고 다 맞았다. 상금은 고작 9,800엔이었지만. 그래서 여전히 치카코는 나한테 구박받고 있다. 내가 널 안 만났다면 떵떵거리며 살고 있을 거라고. 치카코는 아무리 봐도 참 운이 참 나쁘다. 이런 놈과 10년 넘게 살고 있으니.

행운이 따르기 위한 유일한 방법

이런저런 굴곡이 있었지만, 나 같은 사람이 회사 조직에서 정착하고 일을 할 수 있었던 것은 적절한 시기에 내가 잘할 수 있는 일이 굴러든 결과였으며, 긴 시간 유튜브로 일정 부분 성과를 낼 수 있었던 것도 일본이라는 나라와 국제 결혼에 대한 세상의 관심이 높아진 결과다. 지금 이 책을 쓰고 있는 건 어떠한가. 북이십일의 담당자분이 우리 채널을 보지 않았다면 책을 출간하는 일은 없었을 것이다. 더 나아가 치카코와의 첫 만남은 말해 뭐하겠는가. 모든 것이 운이 따라준 결과다.

이렇게 운수 좋은 일들이 이어지다 보면, 가끔 그게 내 실력 혹은 재능이라는 착각을 할 때가 있다. 한국에 입국할 때 인천공항에서 우리를 알아보는 사람이 나타나면, 우리가 무슨 대단한 사람이라도 된 것 같은 착각도 든다.

하지만 운이 좋았던 걸 두고 내가 잘나서 잘된 거라고 믿기 시작하면 문제는 벌어진다. 그래서 이 성과가 철저하게 운에서 비롯되었음을 잊지 말자고 되새긴다. 이게 운이 아니었다면 다시 해보라고 해도 같은 결과를 낼 수 있어야 할 텐데, 처음으로 시간을 돌려 다시 해보라고 하면 더 낫게 해낼 수 있을지 자신이 없다. 그래서 운이 좋았다고 믿기로 했다.

그나마 조금이라도 노력했던 것은 행운이 따를 때까지 '계속했다'라는 점일 것이다. 딱 그거 하나다.

내가 혈혈단신 일본으로 건너가서 가정을 이루고 행복하

게 사는 것처럼 보이는지 언젠가부터 인생, 연애, 취업 상담을 해달라는 사람이 늘어간다. 인스타그램의 DM으로 연락이 오고 유튜브 댓글로 질문을 올린다. 하지만 나는 이들에게 적절한 대답을 할 자신이 없다. 왜냐하면 나는 운이 좋았던 것일 뿐이기 때문이다.

결국 그들에게 해줄 수 있는 말은 하나뿐이다. 우리 딸내미 이름이 괜히 지어진 게 아니지 않은가. 우리 딸 이름, 하라. 조금 더 살을 덧붙이자면 하라, 그냥 하라, 계속하라. 그래서 걔가 하라다. 내 대답은 하라다.

2011년 8월 29일
나는 이 여자를 만났다.
내 인생에서 가장 운이 따랐던 날.

유튜브가
뭘까요

유튜브의 정의

"유튜브가 뭐라고 생각하세요?"라는 질문을 받은 적이 있다. 나는 이런 질문에 세 가지 답변을 기분에 따라 골라 쓰는데, 그 답변 리스트는 다음과 같다.

첫째. 유튜브는 'PPAP'다. 펜, 파인애플, 애플, 펜. 파인애플에 펜을 꽝 하고 꽂아서 파인애플 펜을 만들고, 사과에 펜을 꽂아서 애플 펜을 만드는 것이 유튜브다. 의외의 조합은 신선한 기획이 되므로.

둘째. 유튜브는 취향 보관소다. 이곳에는 세상 모든 사람의 취향이 보관되어 있다. 아무리 마이너한 취향이라도 그 취향을 향하는 콘텐츠가 존재한다. 그래서 유튜브에서는 어떤 이에게는 '듣보잡'인데, 누군가에게는 아이돌이 될 수 있다. 어떤 취향이든 존중받으니 여기서는 꼭 주류가 될 필요가 없다.

셋째. 가장 하고 싶은 이야기는 이거다. 유튜브는 식칼이다. 식칼은 도구다. 누구나 손에 쥘 수 있다. 접근성도 좋아서 어디서나 쉽게 구할 수 있다. 식칼은 엄마 손에 쥐어져서 아이 식사를 만드는 데도 쓰이지만, 어떤 식칼은 사람을 해치는 데 사용될 수 있다. 식칼을 사용하는 데 자격은 없다. 누구나 손에 쥘 수 있지만, 이 도구를 써서 만들어지는 결과물은 누가 만들었느냐에 따라 천차만별이다. 그 요리가 맛이 있을지 영양분이 있을지는 오로지 음식을 제공하는 요리사에게 달려 있다.

내가 쥔 식칼

사실 '유튜버'라는 이름만큼 세상에 가벼워 보이는 직업이 어디 있겠나. 부모가 되는 것과 마찬가지로 유튜버도 아무나 될 수 있다. 유튜브는 검증이 안 된 사람들이 모이는 곳이며 진입장벽도 낮아서 그만큼 논란도 쉽게 일어난다. 그래서 사람들은 유튜버의 몰락을 반긴다. 검증되지 않은 사람의 성공은 시기를 부르는 법이니까. 그리고 개중에는 식칼을 너무 쉽게 휘두르는 사람도 존재하며, 의도하지 않았더라도 누군가를 다치게 하기도 한다.

하지만 눈에 잘 띄지 않아서 그렇지, 정말 의미 있는 영상을 만드는 유튜버도 존재한다. 가끔은 돈 한 푼 안 내고 보는 게 미안해질 정도의 영상을 발견하면 그 기쁨은 말로 다 할 수 없다. 내가 유튜브를 하고, 유튜브를 보는 이유도 그것이다. 의도치 않은 곳에서 감동을 발견하는 재미와 나도 그런 재미를 사람들에게 줄 수 있으면 좋겠다는 희망.

과연 내가 만든 영상은 사람들에게 가치가 있을까? 내가 만든 영상 중에도 아무런 영양가가 없는 불량식품 같은 영상이 있다. 어떤 영상은 시간이 지나고 보니 그런 걸 만들었다는 것이 부끄러운 적도 있다.

가능하면 내 영상이 보는 사람들에게 가치가 있었으면 좋겠다. 특출나게 가치 있는 영상을 만드는 게 어렵다면 사람들에게 이런 메시지라도 전달했으면 좋겠다.

"아… 이런 애도 장가 가고 사는데, 나라고 못 할까."

내 손에 쥔 식칼이 최소 이 정도의 영양은 제공할 수 있기를 바란다.

돈을
번다는 것

돈이 곧 행복은 아니었다

연봉이 드라마틱하게 오른 적이 있다. 일반적 연봉협상에서
상상할 수 없는 연봉 상승률이었고, 이 시절은 생활 수준이
극적으로 오른 인생의 분기점이었다. '내가 이 돈을 받아도
되나?' 싶은 불안감마저 들었으나 아무렴 어떻겠나. 벌이가
늘어서 나쁠 것은 없다. 내 친한 친구들은 대부분 아는 사실
이다. 당시 내가 하도 자랑질을 많이 해서.

　오른 연봉을 기준으로 첫 월급을 받으니 너무나 좋았
다. 이제 싸구려 발포주는 입에도 안 대겠다는 다짐과 함께

372엔 들고 감자튀김을 먹을까 하다가 참았던 어느 날 저녁이 떠오르며 감상에 젖는 순간이었다. 하지만 그 행복은 오래가지 않았다.

행복은 반복된 시간 속에 일상으로 치환된다. 행복이 일상으로 변하는 순간 행복은 아무것도 아닌 게 되어 있다. 나는 이 월급에 빠르게 적응했고, 시간이 흘러 이 월급은 당연한 것이 되었다. 오를 땐 행복했는데 어느새 지금의 급여 명세서가 당연한 것이 되어 감흥이 사라졌다.

처음 집을 샀을 때도 마찬가지였다. 신축 맨션을 구입했을 때 그 집에 들어가면 만사가 해결될 거라고 생각했다. 내 인생의 최종 목표가 완성될 것이라 착각했다. 처음 입주할 때는 욕실 하수구 마개조차 김태희처럼 고와 보였건만, 지금은 이 집이 왜 이렇게 좁아 보이는지 모르겠다. 여기서 어떻게 애를 키우지 싶다.

돈 이상의 가치 만들기

이게 뭐 대단한 깨달음은 아니다. 누구나 알고 있는 사실이다. 그럼에도 여전히 마음은 쉽게 물질을 바란다. 그렇다고 내가 지금 황금 보기를 돌 같이 하자고 말하려는 건 아니다. 이 깨달음을 얻은 지금도 나는 돈을 사랑하며 가끔 로또를 산다.

되돌아보면, 대체로 물질적 감흥은 길게 가지 않았다. 반면 조직에서 인정받았다는 사실은 내게 큰 자긍심이 되었다. 이 자긍심의 유효기간은 꽤 길다. 성공 경험은 내 태도를 크게 변화시켰는데, 그 이후로 나는 내 발언과 판단에 조금이나마 자신을 가지기 시작했다. 정작 가치 있었던 것은 이런 변화였을 것이다.

결국 돈이라는 것은 가치를 가늠하는 단위일 뿐이다. 숫자 위에는 더 큰 숫자가 존재하니, 얼마를 손에 쥐어도 그 위의 단계를 바라볼 수밖에 없다. 행여 과한 욕심을 부리다가는 쥐고 있던 것마저 잃을 수 있다. 유튜버에게는 돈과 엮인 비즈니스 제안이 많은 편이다. 그 제안은 노동량에 비해

솔깃한 금액일 때도 있다. 그러다 보면 눈 딱 감고, 돈을 보고 수락할까 흔들리기도 한다.

하지만 이제는 안다. 이 돈을 손에 넣어도 끝이 아니라고. 내가 만들어낸 가치에 합당한 돈을 받는 게 중요하다고. 결국 내가 어떤 가치를 만들어낼 수 있는지가 관건이다. 그러면 돈은 자연스레 따라온다. 돈이 따라붙었던 순간들은 한결같이 돈에 휘둘리지 않았을 때였다.

오해할까 봐 다시 한번 강조하지만, 나는 돈을 좋아한다. 그럼에도 받을 만한 가치가 있다고 수긍할 수 있는 돈을 벌고 싶다. 더 많은 가치를 만들고 그만큼 많이 받고 싶다. 사람은 마음이 편한 게 가장 중요하니까. 이번 주에 산 로또가 당첨될 때까지는 이렇게 생각하며 살 것이다.

본인들만 아는

세계관

앞집 커플의 경우

일본에서 자취할 때의 일이다. 하루는 복도에서 '우당탕' 하고 싸우는 소리가 들렸다. 무슨 일인가 싶어 현관문의 렌즈를 통해 밖을 바라봤는데, 앞집에 사는 커플이 알몸 상태로 복도에서 싸우고 있었다. 아니, 싸운다기 보다 여성이 일방적으로 맞고 있었다. 그냥 두고 보기에는 폭행의 정도가 심했고 저러다가 사람 죽겠다 싶었다. 그렇다고 나가서 말리기에는 둘 다 헐벗고 있어서 좀 곤란했고, 또 겁이 났다. 결국 경찰을 불렀다. 경찰은 신속하게 도착했고 사태는 진정

되었다.

그리고 며칠이 흘렀다. 외출했다가 집으로 돌아가는 길에 그 커플을 마주쳤다. 신고자가 누구인지 모를 것이라 생각하며 데면데면 지나갔는데, 며칠 전 그 광경이 신기루였다는 듯 둘은 팔짱을 끼고 있었다. 행복해 보였고, 충격적이었다.

'그렇게 맞고도 저 남자가 좋은 것인가?'

연인 사이는 연인만 아는 법

물론 이 이야기는 매우 극단적인 사례다. 그 남자의 폭행을 옹호할 생각은 없지만, 그들에게는 그들만의 세계관과 룰이 있을 텐데 내가 괜한 오해를 했나 싶기도 했다. 그럼에도 그 날의 조치는 내게 최선이었다. 한편 이 경험은 모든 연인에게는 그들만의 세계관이 있다는 걸 확실하게 알게 해줬다.

언젠가 저 커플에게 자신들의 세계관이 잘못되었다고 인정하는 때가 올지도 모른다. 하지만 저 당시에는 세계관을 유지하는 게 그 순간의 행복이었을 것이다. 옳고 그름을 떠나 연인 사이에는 그들밖에 모르는 세상이 존재하는 법이니까.

아로치카 채널에 구독자가 모인 이유도 결국 우리의 세계관 때문인 것 같다. 그리고 이곳에는 우리의 세계관을 바라보는 많은 사람의 시선이 있다. 정작 우리에게는 아무 문제가 되지 않는 일인데, 어떤 사람에게는 있을 수 없는 일도 있다. 그래서 영상이 재미있다는 이야기를 듣기도 하고 반대로 욕을 먹기도 한다. 모두가 자기의 세계관으로 세상을 바라본다.

가령 우리 부부는 반어법을 자주 사용해서, 대화가 비도식적으로 전개될 때가 많다.

"치카코, 오늘따라 오지게 나이 들어 보이는데?"

"사실은 귀엽다고 느낀 거지?"

혹은

"치카코, 네가 제일 예뻐."

"시끄럽거든?"

아마 어떤 사람에게는 이 대화가 잘 이해되지 않을 것이다. 우리끼리는 대화의 맥락을 알고 있으므로 무슨 생각으로 이런 말을 하는지 의미를 유추하는 데 어려움이 없다. 나는 이 세계관이 나름 매력적이라고 느낀다. 우리 사이에는 이런 대화가 재미있기 때문이다. 여기에 다른 사람의 기준은 없다. 우리가 재미있는 게 제일 중요하다. 원래 연애라는 게 나 재미있자고 하는 것 아니겠는가.

그나저나 앞집에 살던 그 커플, 잘 사는지 모르겠다. 헤어졌겠지?

낯간지러운
단어

─────────────

그들은 행복을 말했다

호주에서 살던 시절에 만난 일본 친구들이 유독 자주 쓰던
단어가 있다. 나는 이 친구들이 이 단어를 이렇게 자주 쓴다
는 게 신기했다. 주변에 일본 지인이 많은 사람이라면 대체
로 공감할 것이다.

시아와세^{幸せ}, 행복.

일본인들은 이 간질간질한 단어를 자주 쓴다. 반면 나는
행복을 입에 올린 적이 별로 없었다. 뭐랄까, 언급하는 것만
으로도 너무 낯간지럽다고 할까. 행복하고 싶은 건 누구나

마찬가지고 당연히 나도 그렇지만, 굳이 평소에 행복을 언급하고 또 떠올린다는 게 어색했다. 그런데 일본 친구들은 피자 한 쪽을 먹으면서도 행복을 언급했고 어떻게 살면 행복할 수 있을지 고민했으며, 내게 나만의 행복의 정의를 물었다.

내가 투박한 부산 남자라서 그랬을 수도 있지만, 내 입에서는 그 '행복'이라는 단어가 잘 나오지 않았다. 내가 살면서 자주 듣고 언급한 단어는 노력, 도전, 패기, 목표, 성취 같은 것이었다. 주로 이런 덕목이 우리가 고민할 만한 주제이며 또 주요 관심사였는데, 이들은 행복이라는 고귀한 단어를 너무 쉽게 입에 담으니 이 대화를 버텨내는 게 여간 힘들지 않았다. 잘 끓여진 컵라면 면발 하나에도 행복 같은 거대 담론을 꺼내 드는 이들에게 내가 할 말이라고는 "그냥 드세요, 인마" 정도였다.

너의 행복이 나의 행복

'소박하고도 확실한 행복'을 아는 세대는 이런 내 정서에 공감하지 못할 수도 있다. 요즘은 한국도 더 자주 행복을 이야기하게 된 것 같다. 반면 대체로 우리 세대는 내가 언제 행복한지 깊이 고민하지 않고 학창 시절을 보냈다. 고민한 적이 없으니 물어봐도 답할 게 없었다.

분명한 건, 나는 한 끼의 맛있는 식사 정도로는 행복하지 않았기 때문에 거대한 성취를 이뤄야 행복해질 것이라고 섣불리 넘겨짚었다. 이런 염세적 인간을 교화시키기 위해 파랑새는 사실 집에 있었다는 동화로 세상은 나를 설득하려 들었으나, 우리 집은 새를 기르지 않는다는 반론으로 행복을 부정했다. 나는 행복이 어떤 과정의 끝 지점에 있는 결과물이라고 생각했다.

여전히 나는 행복이라는 단어를 자주 입에 올리지 않는다. 행복은 결과가 아니라 과정에 존재한다는 걸 어렴풋이 알게 된 지금까지 이 버릇은 여전하다. 이제 시간이 흘러 오히려 과거에서 행복을 찾고는 한다. 머릿속에서 채로 걸러져 바닥에 떨어진 고운 가루 같은 기억만을 추억이라는 이름으로 재생하면서 그게 행복이었다고 믿으려 든다. 그때는 몰랐는데 참 행복했었다고. 그런데 행복을 과거형으로 말하는 이 습관만큼 불행한 게 없는 것 같다.

그래서 딸에게는 행복이라는 단어를 자주 쓰기로 했다. 내 부모 형제에게, 그리고 내 아내에게조차 잘 하지 못한 말이라도 어린 딸에게는 거부감 없이 말할 수 있지 않은가. 부산 출신의 무뚝뚝한 아재지만 딸에게만큼은 자상할 수 있다.

'아빠는 너랑 놀아서 너무 행복하다, 너는 언제 가장 행복해?'라고.

나와 다르게 이 아이는 피자 한 쪽에도 행복을 이야기하면 좋겠다. 그게 내 행복이다.

내 행복을 위탁해서 미안한데
네 행복이 내 행복인 걸 어떡하겠니.

'아리가토'라는
마법

내가 설레는 순간

치카코와 보낸 시간을 돌아보면, 내가 그녀를 지켜야 하겠다고 다짐한 순간에는 늘 치카코의 "아리가토(고마워)"라는 한마디가 있었다. 이 감사 표현이 내 다짐을 굳건하게 만들었다. 그러고 보면 이 말이 가진 힘은 무척 세다.

사람 취향 참 특이하다 싶을 수도 있지만, 나는 좋아하는 이성에게 "좋아해", "사랑해" 같은 소리를 들으면 적절한 반응을 하는 게 힘들다. 또 가끔은 삐딱선을 타버려서 의도치 않게 "오늘 뭐 잘못 처묵나?"라는 말이 튀어나오기도 한다.

세상에는 심상이 이렇게 비비 꼬인 사람도 있다. 나도 이런 나를 좋아하지 않으니 그러려니 하길 바란다.

반면 한결같이 나를 설레게 했던 말이 있는데, 바로 '아리가토'다.

치카코가 몸이 안 좋아서 침대에 하루 종일 누워 있을 때 내가 집안일을 해놓아도 "아리가토".

퇴근하고 집에 올 때, 치카코가 보내준 카톡 리스트대로 장만 봐 와도 "아리가토".

딸이랑 둘이 놀고 싶어서 나간 건데 하라랑 둘이서 외출하고 돌아와도 "아리가토".

내 생각에 우리는 고맙다는 소리를 할 사이가 아님에도 또 고맙다는 말을 할 타이밍이 아닐 때도, 치카코는 고맙다고 말해줬다. 함께한 지 긴 시간이 흐른 지금도 당연한 걸 고맙다고 말해주니 더 고맙게 해주고 싶어졌다.

인정받고 싶었나 보다

뭐 대단한 걸 해준 것도 아닌데 고맙다는 말을 들으면, 내가 마치 좋은 사람이라도 된 것 같다. 또 내가 이 사람에게 필요한 사람이긴 한 것 같다는 기분이 들며 뿌듯해진다. 말이라는 게 듣다 보면 지겨워질 만도 한데, 이 말은 지겨워지지도 않는다. 그냥 언제 들어도 기분이 좋다.

그래서 나는 알게 되었다. 나는 사랑받고 싶은 게 아니라 인정받고 싶었던 거였구나. 나를 인정해주는 사람을 내가 사랑하고 싶었던 거구나. 그래서 간이고 쓸개고 다 빼줘도 "아리가토" 이 한마디면 마음이 녹는 거구나 하고.

언제부터인가 딸의 말문이 트이면서 하루 종일 재잘대기 시작했는데, 그 말 중에 엄마를 쏙 빼닮은 부분이 있다. 이 아이도 '아리가토'를 자주 말하는 것이다. 심지어 이 말은 딸에게 들어도 설렌다. 그냥 내 옆에 떨어져 있는 장난감만 주워줘도 꼬맹이 주제에 "아리가토" 하며 감사를 표한다. 아빠로서 당연한 걸 했음에도 말이다.

나는 '고마워' 이 한마디가 쉽지 않아서 그것조차 영어로 바꿔 쓰고는 했다. 고맙다는 말이 입에서 떨어지지 않아서 정 마음을 전해야 할 때는 편지를 쓰곤 했다. 고마움의 표현을 잘 하지 못하는 사람임에도 나 같은 사람을 지탱하게 한 고마운 사람이 많이 있는데, 그중에서도 가장 고마운 사람은 결국 가족이다. 표현에 늘 서툴러서 자주 하지 못했지만, 이 책을 통해 이 말은 꼭 하고 싶다.

치카코, 나 같은 놈하고 살아줘서 아리가토…라고 또 글로만 쓰고 있다. 참….

치카코, 고마워.
진짜야.
구라 아냐.

솔직한 사람, 치카코

치카코는 솔직한 사람이다
그녀의 언어에는 치장이 없다

치카코의 생각을 있는 그대로
적어달라고 부탁했다

돌아본
지난 시간들

치카코의 편지

첫 만남은 가벼웠어요. 둘 다 어려서 알바생과 손님이 연락처를 주고받는 게 가능했던 것 같아요. 그렇게 생각하니 그 시절에 만난 게 다행이네요. 처음에는 외국인인 데다 접근법도 가볍디가벼워 만나는 게 겁나기도 했지만, 둘이 함께하는 시간이 점점 길어졌고 그렇게 사귀다가 결혼까지 하게 되어요. 처음 만났을 때는 이렇게 될 거라 상상조차 못했는데.

첫 만남 뒤로 사귀기까지는 반년 걸렸어요. 그사이에 이 책에서 언급한 여러 사건이 있었는데, 그럼에도 잘도 서로를 미워하지 않고 여기까지 온 것 같아요.

당시는 연애에 그렇게 푹 빠져서 살고 싶지 않았고, 애인이 없으면 못 버티는 사람이 되고 싶지 않았어요. 그래서 사귀기 전에 오빠에게 좀 차갑게 대했는데, 그건 지금도 미안한 부분이에요. 하지만 그러다가 처음 함께 떠난 교토 여행을 계기로 연애 감정이 확실해졌어요. 여행 전에는 오빠가 여행 준비에 너무 무성의해 다투다가 제가 울기도 했는데, 막상 여행을 가보니 함께 있는 시간이 즐거웠고, 3일을 함께 있어도 좋은 마음으로 있을 수 있다는 걸 알았어요. 그때 앞으로도 계속 같이 있고 싶다고 생각한 게 또렷이 기억나네요.

저는 오래 사귀어도 서로 호감과 신선함을 유지했으면 했어요. 또 정 때문에 헤어지지 못하는 관계가 되지는 말아야 한다고 생각했고요. 그런 상대와는 결혼하기 싫었거든요. 하지만 오빠는 5년을 만나도 질리는 느낌이 없었어요. 늘 함께 시간을 보낼 수 있는 사람이었죠. 이 사람이라면 좋아하는 감정이 사라지지 않을 거라는 나름의 확신이 들었어요.

　시간이 흘러서는 제가 먼저 결혼을 바랐어요. 반면 오빠는 결혼 생각이 별로 없는 듯했어요. 이대로 계속 결혼 생각이 없으면 헤어질 수도 있을 것 같았죠. 그런 상상을 하니 너무 괴로웠지만, 이 관계는 시간에 맡기고 만일 그사이 다른 인연이 생겨도 어쩔 수 없는 거라며 초조해하지 않으려 노력한 시기가 있어요.

　그러다가 생각지도 못한 타이밍에 프러포즈를 받았죠. 예전부터 로맨틱한 프러포즈를 받는 게 꿈이었는데, 바라던 대로 프러포즈를 해주어서 지금도 좋은 추억거리예요.

　결혼생활이 시작된 뒤로는 일이 바쁘고 쉬는 날이 달라서 둘이 보내는 시간이 줄어들었어요. 그래서인지 결혼 뒤로는 공유하는 추억이 많지 않아요. 일 마치고는 너무 피곤해서 가만히 드라마를 보며 쉬었으니, 대화도 자주 못했고요. 오빠는 오빠대로 바빴고, 또 대화로 마음을 자세하게 전달하기보다 분위기를 보고 행동하는 편이라 대화가 더 말랐던 듯해요.

지금 생각하면 일과 생활의 균형을 고려해 일을 더 줄인 채로 신혼생활을 했으면 어땠을까 싶네요. 젊은 시절 둘만 보내는 시간을 더 소중히 여겼어도 좋았을 것 같아요.

결혼 3년 차에는 제가 퇴직했고, 하라가 태어났어요. 그리고 거의 동시에 팬데믹으로 재택근무가 늘어서 오빠와 집에 같이 있을 때가 많았는데, 덕분에 대화 시간이 많이 늘면서 유대감도 강해졌죠. 결국 우리에게는 여유가 필요했던 것 같아요. 물론 그렇지 않아도 충분히 대화가 되는 부부도 있겠지만….

하라가 건강하게 태어난 건 정말 다행이예요. 너무 감사한 일이고요. 육아 시작 첫 3개월간은 오빠가 육아휴직을 내고 진심으로 육아에 참여했어요. 그러다가 육아휴직 기간이 끝나서 오빠가 바빠지자 다투기도 했지만요. 당시 제 머리에는 아이 생각밖에 없었기 때문에, 아이에게 집중할 수 없는 상황이 되면 화가 났어요. 한편 오빠는 회사를 다니면서 유튜브 영상 제작을 병행했기 때문에 부담이 컸을 거예요.

그러다가 육아에서 가장 힘든 시기가 지나고 점차 기운을 되찾으면서 오빠의 '투잡' 생활을 이해하게 되었어요. 지금은 오빠도 나름 최선을 다해 버텼겠구나 싶어서 고맙죠. 앞으로도 비슷한 일이 반복되겠지만, 다툼이 생길 것 같으면 흥분을 잘 가라앉히고 시간을 두고 대화해보려고요. 체력이 따르지 않으면 화를 내기 쉬우니 서로 건강도 잘 챙겨야 하겠죠.

시간이 지나면서 오빠가 뭘 좋아하고 뭘 싫어하는지 많이 알게 되었어요. 그래서 싫어하는 것은 안 하려고 노력해요. 예를 들면, 오빠는 청소할 때 곰팡이 같은 건 별로 개의치 않아요. 대신 정리 정돈을 중시하니까 퇴근 전에 아기 장난감을 치워서 겉보기에 집이 정리된 것처럼 해두고 쓰레기통이 넘치지 않도록 신경 쓰는 거죠.

또 오빠는 야행성이니까 일정 없는 주말에는 스스로 일어날 때까지 안 깨우려고 해요. 함께 살다 보면 부딪히는 부분이 생기는데, 이걸 개선하려 해도 사람은 그렇게 쉽게 변하지 않는다는 걸 결혼생활에서 배웠어요. 결국 각자의 특성을 잘 파악하고 서로 양보하며 사는 게 답 아닐까요? 저도 이제 조금은 오빠를 배려할 수 있게 된 것 같아요.

이렇게 우리가 함께 보낸 10여 년의 시간을 돌아보니, 여기 다 못 적은 힘들었던 일과 즐거웠던 일이 모두 생각나네요. 사람이 저래 보여도 힘들 때 나를 잘 지켜줬던 남자예요. 앞으로도 이 사람과 서로를 잘 보살피며 살아가려 합니다. 이렇게 지난 시간을 곱씹어볼 기회를 줘서 '아리가토'.

이 글을 읽은 남편의 감상

치카코에게 우리의 이야기를 책으로 낼 것이니, 나와 만나서 함께 보낸 시간을 회상하는 글을 써달라고 부탁했다. 그렇게 받은 글이 이 글이다. 이게 치카코의 솔직한 생각일 것이니 다듬지 않고 올린다.

참 재미있는 친구다.

신기한 것은 교토 여행에 대한 기억의 차이다. 나는 그냥 놀다가 왔을 뿐이다. 치카코가 울었던 기억도 없다. 나랑 계속 같이 있을 수 있을지 그녀 나름의 평가가 진행되었다는 부분도 의외였다. 반대로 치카코는 잡채 사건을 전혀 기억

못하지 않은가. 부부라고 할지라도 서로 기억하는 내용이
이리도 다르다.

　안 헤어지고 여기까지 온 게 참 신기할 따름이다. '겉보기
에 집이 정리된 것처럼 해둔다'라는 것에 대해서는 대질심
문이 필요할 것 같다. 아직 우리는 이렇게 살고 있다.

에필로그

처음 출판사에서 보내주신 도서 기획안에 임시로 붙어 있
던 이 책의 부제는 '한일 부부 아로치카의 행복 스트라이크'
였다. 기획안을 써주신 담당자께는 죄송하지만, 나는 제목을
보고 코웃음을 쳤다.

"아니, 제 인생은 볼밖에 던진 게 없어요…."

진심이었다. 하지만 이 '스트라이크'라는 단어는, 내가 책
에서 꼭 다루고 싶었던 내용과 깊은 연관이 있다. 지금까지
삶에서 했던 가장 큰 오판이 '행복의 스트라이크존을 너무
좁게 잡은 것'이었으니까. 좋은 대학, 그럴듯한 직장, 화목
한 가정. 누가 정한지도 모르는 저 바늘구멍 같은 스트라이
크존에만 공을 던져야 한다고 믿고 있었으니, 공을 던질 용

기가 나지 않는 게 당연했다. 그 기준에서 내가 던진 공들은 모두 볼이었을 것이다. 뒤돌아보면 볼이 되더라도 괜찮으니 결국 내 공을 믿고 던지는 것이 중요했다. 결국 나는 이 이야기가 하고 싶었다.

두 달여 동안 이 책을 쓰며 인생을 돌아봤다. 의미 있는 시간이었다. 내가 살아온 시간을 이렇게까지 진득하게 돌아본 것은 스무 살에 군대 가서 한 번, 그리고 마흔이 된 지금 이 책을 쓰면서가 두 번째다. 20년에 한 번꼴로 돌아오는 자기반성의 시간을 지나며 확실하게 안 것은 20대의 불안이 생각만큼 현실화하지 않았고, 매우 오랜 시간이 걸렸지만 결국에는 방향을 잘 잡고 마흔이라는 숫자를 맞이하고 있다는 것이다.

'인생은 속도가 아니라 방향'이라는 말들을 한다. 나는 군대에 입대할 때, 외삼촌에게 이 말을 처음 들었다. 머리로는 이해했지만, 이 말의 의미를 진정 깨닫는 데는 10년도 넘는 세월이 걸렸다. 결국 하고 싶은 일을 직업으로 삼고 유튜브를 병행하며, 아빠가 되기 위해 노력했던 30대에 들어서서야 지나온 시간에 후회가 남지 않게 되었다. 30대를 마칠 때쯤 겨우 지난 10년을 사랑하게 되었다. 그렇게 되자 그 이전의 방황이 소중해졌다. 이제 마흔이 되는 나는 스물이었던 나에게 '괜찮다. 너무 걱정 안 해도 된다'라는 말을 해주고 싶다.

나는 이 책이 치카코를 만나서 드라마틱하게 인생이 바뀐 사람의 성공담으로 읽히길 원치 않는다. 그건 너무 무책임한 해결책이기 때문이다. 또한 이 이야기는 애초에 성공담이 아니기도 하다. 정확하게 말하자면 이 책에서 다룬 이야기들은 대부분 실패담에 가까울 것이다. 우리의 시간은 여전히 실수가 반복되는 과정에 불과하다.

나와 치카코의 부부 관계가 죽을 때까지 유지된다는 보장은 없다. 치카코의 마지막 편지 글귀에서 정확히 드러나듯 우리는 13년이 넘는 세월 동안 끊임없이 영점을 잡았고, 앞으로도 계속 그러할 것이다. 이 작업을 서로가 외면하지 않고 계속 마주할 때, 앞으로도 치카코와 '함께 노는 재미'가 있을 것이다. 물론 나는 죽을 때까지 치카코와 같이 놀고 싶다. 또 실수하겠지만, 넘어설 수 있을 것이다.

유튜버답게 "이게 행복이었어요! 한일 부부의 행복 비밀 완전 공개!"라고 통쾌하게 말할 수 있으면 좋겠지만, 그럴 수는 없었다. 만약 그랬다면 거짓말이었을 것이다. 다만 쓰는 내내 부끄러움이 휘몰아칠 정도로 진짜 솔직하게 쓰고 있는지 스스로에게 물었다. 내 인생을 너무 치장하고 있지는 않은지 치카코를 너무 과장하고 있지는 않은지, 스스로 크로스체크를 하며 에피소드를 작성했다. 다 쓰고 나니 이래도 되나 싶을 정도로 솔직하게 쓰긴 했다. 이 책을, 아는 사람이 읽으면 어쩌나 겁이 나기도 한다. 하지만 유튜브를 6년간 운영하며 분명히 느낀 게 있다. '진심이 주는 힘'이 분명히 존재한다는 것이다.

치카코와 함께 보낸 시간은 결코 사람들이 미디어를 통해 보고 싶어 하는 멋지고 아름다운 사람들의 연애 이야기가 아니다. 적나라하고 쪼잔하고 치졸하고 구차한 사연들의 연속이다. 멋지고 아름다운 연애 이야기를 쓸 수 있었다면 좋았겠지만, 그건 사실이 아닌 걸 어떡하겠는가. 그럼에도 우리가 전달할 수 있는 진심이 분명히 있고 그 진심을 의미 있게 받아줄 사람들이 존재할 거라 믿으며, 우리의 부끄러웠던 시간을 솔직하게 다루었다. 분명한 것은 이 이야기의 시작점에 나오는 우리와 현재 시점의 우리는 많이 달라져 있다는 것이다.

이제 곧 중년에 접어드는 한 남자가 타인과 공유할 수 있

는 가장 솔직하면서도 의미 있는 진심은, 바로 이 말일 것
같다.

"내가 했던 실수와 좌절이 이 글을 읽는 사람을 비켜가기
를. 당신이 하는 고민과 방황이 당신의 것만이 아님을 알아
주기를."

모두의 건승을 빈다. 조금은 걱정을 내려놓기를 바라면
서….

KI신서 13105

나는 내가 결혼 못할 줄 알았어

1판 1쇄 인쇄 2024년 10월 28일
1판 1쇄 발행 2024년 11월 6일

지은이 아로치카
펴낸이 김영곤
펴낸곳 ㈜북이십일 21세기북스

편집팀 정지은 박지석 김지혜 이영애 김경애 양수안
출판마케팅팀 한충희 남정한 나은경 최명렬 한경화
영업팀 변유경 김영남 강경남 황성진 김도연 권채영 전연우 최유성
제작팀 이영민 권경민

출판등록 2000년 5월 6일 제1406-2003-061호
주소 (10881) 경기도 파주시 회동길 201(문발동)
대표전화 031-955-2100 팩스 031-955-2151 이메일 book21@book21.co.kr

(주)북이십일 경계를 허무는 콘텐츠 리더

21세기북스 채널에서 도서 정보와 다양한 영상자료, 이벤트를 만나세요!
페이스북 facebook.com/jiinpill21   포스트 post.naver.com/21c_editors
인스타그램 instagram.com/jiinpill21 홈페이지 www.book21.com
유튜브 youtube.com/book21pub

서울대 가지 않아도 들을 수 있는 명강의! 〈서가명강〉
'서가명강'에서는 〈서가명강〉과 〈인생명강〉을 함께 만날 수 있습니다.
유튜브, 네이버, 팟캐스트에서 '서가명강'을 검색해보세요!

ⓒ 아로치카, 2024
ISBN 979-11-7117-883-4 (03810)